みなさんのおかげで
私の人生バラ色

松浦明美
Matsuura Akemi

南天堂

生きるってなんだろう？
生きていると、十分の九は辛いことや悲しいこと。
それでも生きていないと駄目なんです。命は大切なものだから。
私は気づきました。残りの十分の一から自分の考えかた一つで楽しくなれることを。
私の場合、この本に書いてあるとおりです。

——皆さんの力を借りながら、私の心には素敵な薔薇がたくさん咲いています。

みなさんのおかげで私の人生バラ色◆目次

四　結婚・妊娠・出産

五　息子よ…

プロローグ

明るく、美しく

一九六〇年、昭和三十五年一月十八日。とても寒かったけど、お天気は良かった日のお昼過ぎ、神奈川県川崎市下平間で私は生まれました。仮死状態で生まれたようで、なかなか産声を上げない私を医者が逆さにしてお尻を叩いてやっと泣いたそうです。

その頃近くに住んでいた叔母さんが父の職場に私が生まれたことを知らせに行ってくれて、父は可愛いベビー服を持って病院に駆けつけました。でもベビー服は男の子用でした。父は男の子が欲しかったらしく、女の子と知ってがっかりしたのではないでしょうか？　母は女の子が生まれてとても嬉しかったそうです。

生まれたばかりの私の顔には、右の目の上に、あずき粒くらいの赤いアザがありました。「女の子なのに、かわいそう」と憂える母を、叔母さんは「でも、今はアイシャドーが流行っているから」と慰めたそうです。アザはその後だんだん薄くなってきて、私が三ヶ月になった頃には、すっかりきれいに消えていました。お腹の中にいるときに無理があったのかもしれないと母はあとから思ったそうです。

名前はなんて付けようか。一週間、一生懸命考えた結果、明るく美しく育つようにと、私は「明美」と名付けられました。

一生歩けない？

私が一歳一ヶ月のときに妹が生まれたのですが、そのときの私は、未だ首が座らず、お座りもできませんでした。妹を取り上げてくれた先生が心配して「一度ちゃんと診てもらった方がいい」と言われたそうですが、妹も生まれたことで母も忙しくてなかなか医者に行く暇がなく、そのうち首も座ってくるだろうと思っていたようです。

その年の秋、私が風邪を引いたため母が近くの病院に連れていくと、医者から「この子はちょっと変だな」と言われました。母は「どこが変なのよ！」と思ったそうですが、医者は、私を抱っこして診察台の上に乗せて、両脇を持って持ち上げたり立たせたり。そしてこう告げました。

「風邪どころじゃない。この子は脳性マヒです。一生歩けない」

母は目の前が真っ暗になり、何か悪い夢でも見ているようで、家に帰ってからずっと泣いていたそうです。父もショックだったようですが、「くよくよしたってしょうがない」と打ちひしがれる母を元気づけたそうです。

その後、いくつか近くの病院に行ったのですが、どこの病院でも七、八歳頃になれば歩けるようになるでしょうという診断でした。

自力で座ってみせましょう

三歳のとき、今度は弟が生まれます。母はますます忙しくなりました。

ある日、父が生まれたばかりの弟をトラックに乗せて仕事をしているとき、後ろから来た車に追突をされてしまいました。弟は入院し、母はその付き添いをしなくてはならなくなりました。

その頃の父は、家には給料を全然入れないで遊んでいたので、二人の兄がアルバイトをして家計を支え、私と妹の面倒も見てくれていました。

私はよく泣いて兄たちを困らせていました。泣いてばかりいるので、一番上の兄は一日中私を抱いて外であやしたり、二番目の兄は、私をおんぶして弟の病院にミルクを届けに行ったり。

その頃からです、私が変わってきたのは。母が私の世話をしようとすると「手を出さないで」と拒み、買い物に行くときにも、「一人で待っている」と主張したそうです。

ある日、母が買い物から帰ってくると、寝転がっていたはずの私がちょこんと座っていました。自力では座ることができないはずなのに。

「誰が座らせてくれたの?」と尋ねる母に、「自分で座ったの」と私は得意顔。

母が信じないので、「じゃあ、転がしてみなよ」と言って実演してみせましたが、これが何度起き上がろうとしてもできません。

「お母さんが見ているからだ！」と母を追い払い、やっぱり何度も失敗を繰り返してやっと座れると、物陰から見ていた母を得意げに呼び寄せたのでした。

またあるときは、兄二人と妹が風船ガムを膨らませているのを見て、できない私は悔しくて、何ヶ月も一生懸命練習してできるようになったこともありました。

私は人一倍負けず嫌いだったようです。

マンガ★オープニング

皆様こんにちは
イラストレーターの
"まにゃかと"と
申します
かぶかぶか
ふ
明美さんとは
縁あって
お仕事の中で
知り合いました
この本では
マンガとイラストを
描かせて
いただきました
ありがたやぁ
ありがたやぁ
お仕事
ありがたやぁ～
今回、
"まにゃかと"が
ちょいちょい
登場します
人生は
人と人とが
関わることで
できる…んっ？
呼んだぁ～？
イエ～イ
すばらしい
ものです
えーっ
フフフ
まだ出番
じゃ
ないですよぉ～
フフフ
ちぇ～
フフ

私の家族です！
祖父
祖母
父
母

このように明美さんの人生には様々な人達が関わっていきます
父
母
明美さん
息子
妹
涙あり笑いありの大展開です
楽しんでいただけたら幸いです
私の人生なんだけど…
では、はじまりはじまりぃ～

長兄
次兄
妹
弟
息子

お盆のおはぎ

お盆
それは故人の霊を供養する大切な日です
この日、明美さんの親戚が集まっておはぎを作っていました
おはぎかぁ～
せっ
せっ

できましたよ
さぁ、食べましょ
いいな～

おしょさへ!
どうしたの?
明美

おしょはへでしょから
ガッ
明美さんは大胆な行動をしたのです

人物紹介
①幼少の明美

脳性マヒにより肢体不自由となるも明るく元気に成長していく。感受性豊かで負けず嫌いな少女。

人物紹介 ②祖父・祖母

いつも昔話をしてくれた、明美と仲良しのおばあちゃん。おじいちゃんは遺影で登場。

一　夢みる少女

勉強きらい！ 訓練もいや！

六歳になった私は、母に連れられ児童相談所へ行き、横浜市にある『ゆうかり園』という養護学校を紹介され入所することになりました。私は家族と離れて生活することになったのです。

入所の前日、母はてんてこ舞いです。風呂敷に洋服を包んで、洗面用具を揃え、私を銭湯に連れていって体を洗ったり髪の毛を洗ったり。支度がようやく終わり、布団に入っても母はなかなか眠れなかったらしく、朝五時に起きる予定が六時になってしまいました。しかたなく朝食をお弁当箱に詰めて、私をおぶって走り、始発のバスに乗り込みました。

一九六六年四月六日、入学式。学校生活初めての担任教師は男の人です。ハキハキしていて面白くて、そしてまた優しく思いやりのある先生でした。でも、そのうちだんだん厳しくなってきて、私は根っからの勉強嫌いだったので先生とケンカばかりするようになっていました。

ゆうかり園では午前中勉強をすると部屋に戻ってきて、体温を測って、そして訓練があります。みんな訓練が嫌なのでベッドの下に隠れたり、私なんかまだ小さかったので棚の中に入ったりして訓練から逃れようと一生懸命でした。

部屋から学校へは、私たちはストレッチャーに並べて乗せられ連れていかれました。それが嫌で、私は一人、時間をかけて大きなカバンを床に置いては転がるのを繰り返し、一時間半ぐらいかけて学校に行っていました。

小学三年生の中頃、ゆうかり園から母が呼び出されました。

「定員いっぱいだし、もうやることはやったので、あとは家で訓練をすればいい」

そう言われて、しかたなく退所することになりました。ゆうかり園はもともと三年ぐらいしかいられなかったらしいのです。

私は子どもだったので家族のところに帰れることが嬉しくてたまりませんでした。でも、今考えるともう少し訓練を受けてからでも良かったかなと思います。

三年生の終わりまで訓練や勉強をして、春休みに、私はゆうかり園を退所しました。

エピソード①「お弁当」

ゆうかり園入所の朝、寝坊したため朝食を食べずに出かけた母と私。途中、母が八百屋さんでバナナを買って食べさせてくれました。

ゆうかり園に到着すると、「お母さまはここでお引き取りください」と言われ、母はトボトボと帰路についたのですが、私が朝食を食べていないことを思い出し、急いで引き返しました。

「荷物の中にお弁当が入っているので食べさせてください」と職員さんに伝えると「これはお持ち帰りください。もうすぐ昼食ですから心配いりません」と言われ、家に持って帰ってきたそうです。

エピソード② 「指切り」

二年生の春の遠足。バスに乗って目的地に着くとボランティアのお姉さんたちが待っていてくれました。

私に付き添ってくれたお姉さんはとても優しい人でした。昼食の前に私の手を洗ってハンカチで拭いてくれたときに「うわーそのハンカチきれいだね」と言ったら「じゃあ、帰りにあげるね」と約束して指切りをしてくれました。

ところが、お姉さんが指を怪我してしまい、そのハンカチを使ってしまったため約束はパーに。私はがっかりしました。

ありがとう班長さん

ゆうかり園を退所後、私は、妹と弟の通う『川崎市立野川小学校』へ入ることになりました。私と妹は一緒に登校できることを楽しみにしていたのですが、母に「何かあったら危ないから」とたしなめられ、しかたなく妹は友達と、私はそのあとから母に連れていってもらいました。

初登校の日。学校に着いたときの私の心臓はドキドキです。教室に入ると、担任の先生が「今日から一緒に勉強をする明美ちゃんです。みんなで面倒を見てあげて」と紹介してくれて、皆さんはとても大きな声で「ハイ」と返事をしてくれました。

私は四年三組。生徒は四十人くらいで、班に分かれていて私は一斑になりました。登校するといつも班長さんが座イスに机を付けてくれて、私のカバンの中から教科書やノート、筆入れを出してくれます。授業が始まれば、自分の分と私の分、勉強の内容を書き取ってくれて、何だか班長さんに悪いなと思いながらお世話になっていました。

図工や図画のときは、受け持ちの先生が私の似顔絵を描いたり、折り紙を折ってくれたり、班長さんもいろいろな話をしてくれました。体育の時間には体育館にマットを敷いて、みんなの体操を先生と一緒に見ていました。

午前中の授業が終わると、友達は白い帽子をかぶり、割烹着を着て給食の用意です。パンにおかずに牛乳。給食の時間は母が食べさせに来てくれました。

私の学校での時間には制限があり、給食を食べ終わると家に帰っていました。みんなはあと二時間ぐらい授業が残っているのに、なんだかつまらないなという思いがありましたが、まだ子どもだったので、何がどのようにつまらなかったのかがよくわかりませんでした。同級生や先生たちは優しくてとても良くしてくれたのですが、なんとなくつまらなかったのは、みんなからお客さん扱いをされているように感じていたからではないかと思います。

エピソード③「勉強」

授業が終わり、母と一緒にその日の出来事を話しながらの帰り道。

「勉強はわかったの？」と聞かれた私は「うん、覚えてきたよ」と答えるのですが、家に帰ってきてから先生に出されたプリントをやろうとすると何が何だかサッパリわからないのです。班長さんが書いてくれたものを見てもわかりません。

次の日に学校で先生と一緒にやるとできるのに、また家に帰るとできなくて。

私は頭にきてばかりいました。

エピソード④「田んぼ」

妹と弟、それと近所の友達と花火をして遊んでいた夏の日。妹の友達が私の車イスを押したいと言うので、しばらく押してもらいながらふざけていたら、道路わきの田んぼに車イスごと落ちてしまいました。

ズボズボと車輪の半分くらいまで土の中に埋まってしまい、このまま私も埋まって死んじゃうのではないかと怖くなりましたが、すぐに弟が母を呼んできて私を田んぼから救出してくれました。

泥まみれの私は家に帰りお風呂に入りました。でも、まだ妹や弟は友達と外で遊んでいたので、母に「また外に行きたい」と言ったら「車イスが泥んこで乗れないでしょ」と怒られました。

私は布団にもぐってふて寝です。

ピーちゃん悲しき結末

動物紹介③ピーちゃん

母にねだって買ってもらったヒヨコ。だが、屋台のおじさんの配慮がアダとなり非業の死を遂げる。

さよなら班長さん

野川小学校に通うようになって三ヶ月くらい経った頃、川崎市中原区に井田小学校の分校『井田学園』があると聞いて母と見学に行きました。

すぐに手続きをして入学することになったのですが、私は内心、またゆうかり園のときのように母と離れて生活するのかな、嫌だなと思っていました。でも「明美は今までどおり家から学校に通うのよ」と母に言われ、嬉しくなって、ここの学校なら入ってもいいなと思いました。

野川小学校での生活はわずか三ヶ月でしたが、学校でお別れ会をしてくれました。母がクラスの生徒四十人分のお菓子を買ってくれていました。

班長さんと離れるのがすごく寂しかったけれど、私は、ここにいて何もできないよりも井田学園に入って自分でできることを増やしていこうと思い、さよならを告げました。

あれ、これってもしかしたら私の淡い初恋だったのかな？　でも胸のときめきは全然ありませんでした。ときめくのはこれからたくさん出てきます。

エピソード⑤「テスト」

井田学園での給食の時間、先生が「勉強が時間までに終わらなかったので、給食のあとのお昼休みにペーパーテストをやる」と言い出しました。「えーっ！」「やだーっ！」と教室中ブーイング。

給食後、「せっかくの給食がまずくなった」「テストいやだ。本当にいやだ」と口々に話していたところに先生がふたたびやってきて「テストは止めるから」との報告。

みんなは一転、「なんだ、やる気になっていたのに」「残念だけどしかたない」

もちろん私は、良かった、心から良かったと思いました。なにしろ勉強は根っから嫌いでしたから。

いつか歩けるようになって

その頃見た夢です。真っ白のブラウスとクリーム色のレースのスカートを着た私。水色のベルトをウエストにとめて、雲の上でターンをするとスカートのすそが丸く広がり、真っ青な空を飛んでいく。星を長い髪に飾ったり、洋服に付けたりしながら、キラキラと輝く虹の滑り台を滑り降りる——。

まるで空のお姫さまか妖精になったような、すごくきれいな夢でした。

そのときから私は、バレエを習ってプリマになるか、それが駄目ならスチュワーデス（現キャビンアテンダント）か看護師さんになって親孝行をすると決めました。

「明美は親孝行だね。だけど歩けないのにそんな仕事できるかしら」と微笑む母に、私は言いました。

「平気、平気。一生懸命練習するから、お母さんは心配しないで」

歩けるようになると信じていた自分がどこかにいました。働いて、お母さんとお父さんの面倒は私が一人で見てあげるから。そんなことを思いながら、私は自分が仕事をしている絵を描いていました。

その頃、妹は、私が歩けるようになって一緒に学校に行く夢を何度も見ていたそうです。口には出さないけれど、妹は普通に歩けるお姉ちゃんと一緒に通学をしたかったのかなと思い、妹がかわいそうになってしまいました。

子どもの頃、兄は私や妹、弟の面倒をよく見てくれて、いつも一緒に遊んでくれました。

夏のとても暑かった日には、水道の蛇口に長いゴムホースをつなげて、私たちに水をかけたりしてみんなで水遊び。

秋になると枯葉を集めて焚き火をして、サツマイモをアルミホイルで包んで焼き芋にしてくれました。でも私は芋が大嫌いだったので、みんなが食べているのを見ていました。

エピソード⑥「兄」

昼間の私と夜の私

井田学園に入学して、五年生の春が過ぎ、夏が過ぎ、秋も冬も過ぎて小学六年生になりました。あと一年で中学生だ。私はもっと頑張らなくてはいけないと自分に言い聞かせました。

それからの私は友達が困っていると進んで助けてあげるようにしていました。が、何をしても失敗ばかり。友達はみんないい人ばかりだったので、「いいよいいよ、気にするな」と言って慰めてくれて、おかげで私も気を落とさず自分でできることが多くなってきました。

でも、その頃からだんだん友達が私から離れていくようになっていきました。いつの間にか一人でいる時間が多くなり、みんなに溶け込めなくなって、そのうち一人でいることに慣れてきてしまいました。お昼休みなんかはボランティアの人とシャボン玉を作って遊んだり、教室の窓から友達の遊んでいるところを見ていたり。

私の変化を察してか、一番上の兄が「明美、学校は楽しい？」と聞きました。

「楽しいよ、どうして？」

「別に、なんでもないけど、明美がなんだか元気がないから」

私はやっぱり誰かがそばにいないと駄目なのかな、なんて考えて悲しくなってしまいました。

でも夜遅くになると、ちょっとした友達と遊び歩くようになっていて、そのときの私は、まるで夜の蝶のように光っていました。

母たちが寝たあとに友達に電話をして、四、五人で迎えに来てくれて、私を車イスに乗せてファミリーレストランに行ったり、公園で話をしたり。楽しくてたまりませんでした。

歩道で車から投げ捨てられたタバコが私の車イスの上に落ちて、超お気に入りの新しいスカートが燃えちゃったこともあるけど、なんていったって夜中にファミリーレストランで、全然知らない男の子が白いナフキンで折った鶴を私のテーブルの前に置いて「お互いに頑張ろうね」と言ってくれたのです。その頃好きになっていた演歌歌手とその男の子がダブっちゃって、シンデレラになったみたいでした。

タバコも吸いました。「明美ちゃん、タバコの煙は一度飲み込むんだよ」と友達が教えてくれたので煙を飲んだら、咳がゴホンゴホン止まらなくて。それっきりタバコは吸っていません。

二　ドキドキが止まらない

恋した人は、演歌歌手

学校では歌謡曲が流行っていて、みんな、あの人がかっこいいとか、この人が可愛いとか騒いでいました。でも私は、歌謡曲なんてどこがいいのよ、ふん！　とまったく興味なし。

ある日、お昼休みに友達がレコードプレーヤーを借りてきて、みんなでレコードを聴いていました。歌謡曲？　ふん！　と、あいかわらず関心のない私の耳をある歌声が刺激しました。

あら、ちょっと素敵な歌。「これ、なんていう曲？　誰の歌？」私は思わず友達に尋ねていました。

家に帰ってからもしばらくその歌が頭から離れずにいたら、なんとテレビからその歌声が聴こえてきたのです。

あっ、この曲！　友達が教えてくれた歌、そして歌手でした。

私の目は画面に釘付けになりました。大変です。そこには今までに見たこともない素敵な男性がマイクを持って立っていたのです。タイプでした。演歌歌手の三善英史さんです。

それからの私は、レコードはもちろん、ブロマイドなども買いあさり、気がつけば、お小遣いはスッカラカン。

私は思いました。大人はいいなあ、お金がたくさんあって。私もたくさん使えたらいいのに。

エピソード⑦「追っかけ」

私は三善英史さんを追っかけました。母と一緒に。すごく楽しかった。だってそのときには私にとって一番かっこ良く見えていたし歌も良かったし。

でも、みんなに言われました。

「十二歳で演歌歌手を好きになるなんて、ませてるよね」

私はそんな言い方をされるのが嫌でしたが、歌手の追っかけは楽しかったです。

生まれてから男の人を好きになったのは初めてでした。

季節はめぐり、私もめぐり

小学校生活もあと少しで終わろうとしている頃、私は頭の中がおかしくなっていたのか、夜、布団に入って目を瞑ると観覧車が見えてきて、そこにはたくさんのお化けが乗っているのです。怖くて胃も痛くて眠れない日が続いていたので母が病院に連れていってくれました。気を鎮める薬を出してもらって、お化けは見えなくなったのですが胃の方は時々痛くなっていました。

やがて卒業する日が来ました。卒業式は、井田小学校へ行き、そこの生徒さんたちと一緒に行いました。中学校に入るまでの休みの間、私は学校なんて行きたくないなとか、友達にまた生意気だとか言われないかとかいろいろと考えていました。そして中学に進学しました。

桜が散って、アイスクリームの美味しい季節が来て、枯葉が風に舞い散る頃が過ぎ、寒い十二月になりました。学校ではレコード大賞や新人賞の話なんかで持ちきりで、教室はとてもにぎやかです。いつのまにか友達もできて、遊んだり笑ったり、お昼休みには外に出て太陽の下で話をしたり。

ある頃から、学校が取り壊されるという話が聞かれるようになりました。壊されたあと私たちはどうなるのかな、これからどうやって過ごしていくのかな、隣の井田病院に遊びに行ったこともあったね。そんなことを友達と話していました。いつしか季節は夏です。もうすぐ夏休み。

エピソード⑧「夜遊び」

友達と夜遊びをしていた頃のこと。私たちがレストランから出てくると知らない女の人が話しかけてきました。

「こんな時間に何をしているの？　年はいくつ？」

もしかして婦人警官？　と思った私はとっさに「二十歳です」と答えました。

女の人がさらに「じゃあ、後ろの子は？」と聞いてきたので、「妹です」とまた嘘をつきました。

「ああ、そうなの。でも、もう深夜二時だから早く家に帰りなさいね」そう言い残し、女の人は去っていきました。

　車イスを押してくれていた友達と顔を見合わせ「怖かったね」と笑ってしまいました。それから私はだんだん友達とは遊ばなくなっていきました。

夏休みの留守番ごはん

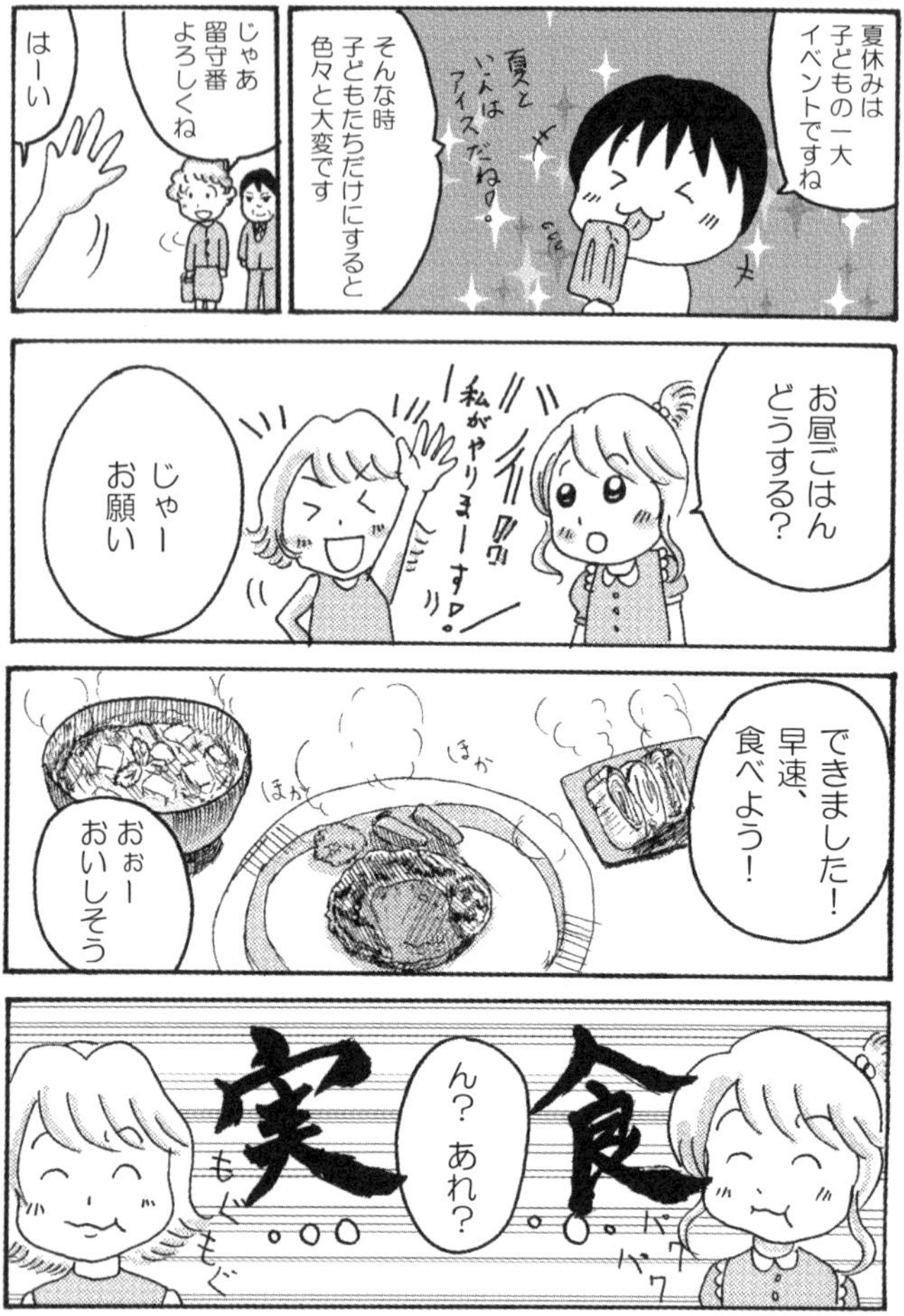

人物紹介 ④長兄・次兄

家庭を顧みない父に代わり一家を支えた二人の兄。優しくて頼れる、明美のよき理解者でもあった。

人物紹介⑤妹・弟

遊んだり悪さをしたり取り引きしたり…。姉の明美をいつもいたわり助けてくれた可愛い妹弟。

山の上のまっさらな春

夏休みが終わり学校へ行くと、友達が「今度、山の上に学校ができるんだって」と教えてくれました。「井田山」と呼ばれる丘陵地に建てられる学校は『神奈川県立中原養護学校』といいました。

数ヶ月後、私は中原養護学校の入学試験を受けました。面接では、何かを聞かれるたびに顔がこわばり、頭が痛くなってしまいました。ペーパーテストのときには「なんだ、こんなの簡単じゃん」とか言っている人がいたりするし……。私は、もしこの学校に入学できてもこの人たちとは仲良くなれないなと思いました。

中学二年生の春休み、中原養護学校から合格の知らせがありましたが、「まだ学校の準備ができていないから、入学できるのは一ヶ月後くらいになるわよ」と母に言われました。その間、私は特に何をするでもなく、歌を聴いたり、母に隠れて悪さをしたり。

妹と買い物に行って赤ワインを買ってきたことがありました。みんなが寝た後に二人でこっそり飲んで、残ったワインは、見つかるといけないので押入れの奥の方へ隠していました。土曜日の夜、明日は妹も学校休みだからと残りのワインを全部飲んでしまい、そのまま二人とも眠ってしまいました。翌朝、空になったワインのボトルを見つけた母に厳しく追及されましたが、私たちは「身に覚えがない」と、しらを切り通しました。きっと母はあきれ返っていたことでしょう。

ようやく新しい学校に行く日が来ました。学校に着くと前の学校の友達がいて嬉しくなりました。開校式が始まるとき、何だかドキドキしてしまって、でも、隣にいた友達もドキドキしていたらしく、少しだけ安心しました。

式が終わって帰りのバスの中で、今度の学校はすごく素敵だなと思っていました。新しくてきれいだったこともあったけれど、横に広く、三階建てで、ベランダがまるでマンションのようでした。明日もまたここに来るんだと思ったら、なんだかものすごくウキウキしてしまいました。

新しい学校での生活が始まり、そのうち学校にいられる時間も長くなってきて、友達といっぱい遊べるようになりました。新しい友達もたくさんできて、ますます学校が楽しくなって、具合が悪くなっても私は学校を休むのが嫌でした。

エピソード⑨「井田山」

中原養護学校が建てられることになった「井田山」は、遠い昔の人が暮らしていた住居の跡やたくさんの土器などが発見された場所なんだと先生が教えてくれました。

私は井田山を見に行くことにしました。一番印象深かったのは、土の赤っぽく残っているところ。そしてマッチもガスもないのに料理をしていたんだなということでした。

ここに、私が通うことになるかもしれない学校ができるんだ。どんな校舎なのかな。そんなことを思っていました。

エピソード⑩ 「宿題」

私は、夏休みの宿題はとっととやっつけちゃって、あとの一ヶ月は遊んでいました。妹や弟は逆で、毎日遊んでいて、残り三日ぐらいになって始めます。

当然、日記に記入する毎日の天気がわからないので、二人とも私に泣きついてきます。最初は親切に教えてあげていましたが、そのうち「あんたの今日のおやつか十円くれないと教えてあげない」と、私は条件を出すようになりました。妹や弟にはいろいろ騙されたことがあったので、その仕返しです。

プリマあきらめ、結婚貯金

楽しかった中学校生活も終わろうとしています。

その頃には、私はもう親孝行の夢をあきらめるようになっていました。歩けるようにはきっとならないから、スチュワーデスや看護師、プリマはやめて、ウェディングドレスを着る花嫁さんになろうと思いました。

それから私は、母に頼んで私名義の銀行口座を作ってもらい、お年玉を貯金することにしました。

母は「なぜ貯金なんてするの？」と聞きました。

「結婚のための貯金だよ」

「明美は、結婚できないよ」

「絶対にするんだもん」私はニコニコ顔で答えました。

卒業の日が近づくと、私たちは体育館で卒業証書の受け取り方の練習をするようになりました。練習では、校長先生の役を体育の先生がやりました。私はその先生に憧れていたので、証書をもらい握手をするときには心臓がキュンとして、何かおかしな気分になって、恥ずかしいのか嬉しいのか自分でもわからなくなっていました。決して顔が良かったわけではないのですが。どこが良かったのかな？

寒い冬が来て、雪がたくさん降った日のこと。私は積もった雪が見たくて、外に出してと母に頼みましたが「ダメ」と言われ、しょんぼりしていると妹が学校から帰ってきました。

「お姉ちゃんどうしたのよ」

「雪が積もっているから外に出たいのに出してくれないんだもんよ」

妹は私を背中におぶり、ママコートをかけて外へ連れていってくれました。ところが急な坂道を上っていたときに妹が足を滑らせ転んでしまいました。妹は私の下敷きになって身動きがとれない状態です。

そこへ運よく学校帰りの弟が通りがかりました。すぐに母を呼んできてくれてことなきを得ましたが、妹は雪水でぐっしょり濡れてしまいました。

エピソード⑪「雪の日」

三　思いめぐらす高校生活

友と過ごした時間

あっという間に中学校生活も終わり、高校に行っても友達と一緒になりたいな、なんて思いながらも、不安で、私は家族に八つ当たりばかりしていました。妹には「お姉ちゃんは何がそんなに気にいらないの？」と怒られてばかり。

高校の入学試験を終え、少し経つと母が合格通知が届いたことを知らせてくれました。初登校の日、学校に着くとたくさんの生徒がいて、こんなに人がいて友達になれるかな？　と不安でしたが、その日のうちに友達ができました。私は嬉しくなって、家に帰ると兄の足にまといつき、「もう友達ができたんだよ」と報告しました。でも「あたりまえじゃん。友達もつくれない子だったら困るじゃないか」と言われてしまい、褒めてもらえると思ったのにがっかりでした。

何ヶ月かすると私にとっては親友と言ってもいいぐらいの友達ができました。その人は私と違って真面目で（私だって不真面目ではないですよ！）、好きな歌手の人もいなかったし、おしゃべりでもありませんでした。

学校の門を出て、坂を下っていくとテニスコートがあります。お昼休みになると、私たちはそこでテニスを見ながらいろいろな話をしました。お昼休みが終わると午後の勉強の用意をしてもらいながら、またおしゃべりをして。まるで姉妹のように私たちは仲良くなっていきました。

一年くらいが経ったでしょうか。彼女が学校をやめることになってしまいました。授産所で働くためということでしたが、私はとても悲しくなりました。

学校でお別れ会をすることになり、私はお別れの言葉を言うことになりました。紙に書いて一生懸命練習をしましたが、当日は涙がたくさん出てきてしまって、お別れの言葉は言えませんでした。彼女も泣いていました。家に帰ってから電話で「学校をやめても家に遊びに来てね」と話しました。

私が高校三年生になった頃、彼女が家に遊びに来てくれました。「授産所はどう?」と聞くと、「もう疲れてしまって大変だよ」と彼女。それからしばらく思い出話に花が咲きました。

帰り際、「仕事頑張ってね」と声をかけると、彼女は私に「明美はあと一年、学校生活を悔いの残らないように過ごしてね」と言いました。友人が帰ったあと、寂しくなって、何もやる気がなくなってしまいました。

私は、三年間の最後の思い出に何かしたいなと思い、文化祭の受付に挑戦し、友達の助けを借りながら何とかやり遂げました。電話で親友に話すと「よく進んでやろうと思ったね、これからも頑張りな」と言ってくれました。

広島の夕暮れ

高校の修学旅行は広島でした。「修学旅行に親がついていくなんておかしいよ」とみんなで先生たちに抗議をした結果、親は同伴しないことになりました。私たちは喜びましたが、親は皆がっかりしていたみたいです。

広島へと向かう新幹線から見た景色は、親がいないせいもあってか別世界のようでした。お弁当やフルーツを食べてとても満足な気持ちになり、これからどんな旅行になるのか胸がときめいていました。

広島に着くと、そのまま宿泊先へ。昭和天皇も宿泊したことのある旅館です。

夕食までの自由時間、私は部屋の中から、友達と先生が並んで話しているのを大きな窓越しに見ていました。そのうちに太陽がゆっくりと沈んでいき、その景色がとても美しかったことを今でもはっきりと覚えています。

夜になって布団に入り、友達と話をしていたら眠れなくなって、そのうち布団の引っ張りっこが始まり、枕を投げ合い、荷物も放り出し、悪ふざけはエスカレート。声もだんだん大きくなり、さすがに先生が飛んできて叱られました。

それでもなかなか寝つけない私。友達はもう眠ってしまったようです。

静かになって思い出したのは、母や父ではなく兄のことでした。きっと中学のときから、兄の足に手を巻きつけては何かをねだったり、甘えていたりしたからだと思います。兄はとても優しかったから、絡みついた私が倒れないよう、その手を振り切れなかったんだと思います。そんなことを考えているうちにいつしか眠りにつきました。

原爆ドームを見てから、私は広島のまちを歩くのが、いいえ、車イスで移動をするのが嫌になってしまいました。ここでたくさんの子どもや大人や兵隊さんたちが死んだのかと思ったら申し訳ない気持ちになって……。友達の中には一日食事を食べられない人もいました。

修学旅行を終えて家に帰ると、母が荷物の片付けをしながら旅行の話を聞いてくれました。その日の晩ごはんのおかずは私の大好きな鶏肉の煮物でしたが、食べる気になりませんでした。母は私に「どうしたの？　明美の好きなお肉でしょう」と言ってくれたのですが、原爆ドームのことを思い出してしまい、どうしても食べることができなかったのです。

エピソード⑫「修学旅行」

広島では私にハトがたくさん集まってきて怖くなって泣いてしまいました。中学の修学旅行では鹿が膝の上に乗っかってきて、そのときも大きな声を出して泣きました。修学旅行は泣いた思い出ばかりです。

広島から帰るときにお土産を買いました。印象に残っているお土産は妹に買った花のブローチです。七色に輝いているのが素敵で、妹に買っておきながら自分が欲しくなってしまいました。

学校をやめてしまった親友が私の家に遊びに来ました。短い期間だったけど二人で過ごした学生生活の思い出話をたっぷりしました。

文化祭やクリスマス会、みんなで野菜を売ったり狂言に挑戦したり。ダンスパーティーではみんなで踊ったりして楽しかった。文化祭なんて初めての経験だったので一生忘れられない思い出になりそう……。

そんなことを話しているうちに、時間はあっという間に過ぎていきました。

エピソード⑬ 「思い出」

涙と汗とド根性

人物紹介
⑥若かりし母

5人の子どもたちを分け隔てなく育て、つねに優しく温かな愛情で包んでくれた明美の最愛の人。

人物紹介
⑦現在の母

グループホームに入居。認知症が日々進行する中でも、ずっと明美のことを気に掛けている。

浮気騒動始末記

高校生活も終わりに近づいてきた頃、父の悪い癖が出てきてしまいました。

私の父は若いときから女癖が悪く、これまでに何度も母を泣かせてきたのです。今度の浮気相手は家庭のある女性でした。

私は、父が隠し持っていたホテルのマッチから現場を突き止め、「ここにお父さんと女の人がいるから、行って話し合ってきな」と母をホテルへ向かわせました。

父と女性は、母の前でもう会わないことを約束したそうです。でも、それで終わりませんでした。二人の関係は続いていていました。

私はその女性を家に呼び、直接話をすることにしました。

「こんにちは。初めまして」静かに穏やかにあいさつをすると、向こうも何食わぬ顔であいさつを返してきたので、「優しそうな顔をして、ずいぶんなことするんだね」と少々語気を強めて言いました。

「浮気のことですか？」と訊ねる女性に、私は言いました。

「もし、うちのお父さんと一緒になりたいのなら、私が責任をもってお母さんと別れさせてあげる。ただし条件が二つあります。一つはお母さんに一千万払うこと。二つ目はあなたが私の世話をすること」

すると女性は「施設に行けばいいでしょ」とのたまった。

「冗談言うな。私は三年間も施設に行ってたんだからさ、もう嫌なんだよ」

「ではどうすればいいのですか？」

「だから、私の出した二つの条件をのめば、あなたはお父さんとずっと一緒にいられるよ」

「では、私はこの人とは別れます」

この前もそう約束したのに別れなかった。信用できなかった私は最後にこう通告しました。

「あなたの家の電話番号を教えておいてください。今度お父さんと会っていたら、あなたの旦那さんにすべて話して、あなたの家もバラバラにしてあげるからね」

交渉を終えた私は、「今日はわざわざ来ていただいて、ご苦労さまでした」と静かに穏やかにお見送りをしました。

泣いて、泣いて…

卒業を控え、進路担当の先生と話す機会が多くなってきました。障害の軽い人はなんだかんだと進路を決定していましたが、私のように重い障害を持っているとなかなか決まりません。

そんな中、先生に言われた一言は今でも忘れられません。

「明美さんのような中途半端はいちばん困るんだよな」

私はガ～ンときてしまい涙をこらえるのが精一杯でした。

学校から帰るときにバスに乗せてくれた先生に「今日は元気が無いじゃんか」と言われて、「別に、なんでもない」と答えて帰ってきましたが、自分の部屋に入って鏡を見て、一人で大泣きしました。

やっぱり私はどこにも行くところなんかないから、家でタイプを打ったり刺しゅうをしたりして過ごそうと思いました。

「あんな先生なんか、進路の担当失格だよ」

一時間くらい泣いてから、いつまでも泣いていたってしょうがないと思い、私は立派になって先生を見返してやろうと心に決めました。

エピソード⑭「怖い」

私は小さな頃から救急車とカミナリが大嫌いでした。

救急車を見るとなぜだかわかりませんがミイラの姿が浮かんできたのです。小学三年生あたりからそのようなことはなくなりましたが、カミナリだけは高校生になっても駄目でした。

学校でカミナリが鳴るたびに怯える私を友達は「明美はダメだね、カミナリなんかちっとも怖くないのに」と笑っていました。

だけど怖いものは怖いのです。

腹ァくくりや！

人物紹介
⑧往年の父

名うての色男ゆえに女遊びや浮気は数知れず。家族の苦労も顧みず自由奔放に生きる昭和の親父。

人物紹介
⑨晩年の父

腎臓病を患い、明美のもとへ。晩年は認知症の妻の世話をするなど家族の絆を取り戻しつつ、永眠。

四　結婚・妊娠・出産

先の見えない毎日

高校を卒業した私は、やっぱり行くところがなくて、障害を持った子の親がつくった作業所で働くことになりました。

仕事は焼き物づくり。最初はキリスト教の幼稚園の一室を作業所として借りていましたが、その後、川崎市の旧保健所内に移りました。昼食もそこでみんなで一緒に食べて、おやつを食べて。クリスマス会なんかもやっていました。

十年くらい通ったと思います。最初のうちは楽しかったのですが、作業所の車で家と作業所を往復し、毎回同じ作業をすることにだんだんと飽きてきていました。

私が二十歳ぐらいのときは、みんなで「自立」の話をして希望や意欲に満ちていたのですが、話ばかりでなかなか前に進まず、内心私はイライラしていました。

一九八二年、二十二歳のときに私は結婚をしました。結婚をしたことで焦りも一層つのっていったのだと思います。

職員さんに「作業所をやめたい」と告げました。でも、理由を聞かれ、つまらないからとは言えず、結局続けていくことになってしまいました。

エピソード⑮「ドラマ」

その頃、テレビで主人公が白血病になってしまうドラマが放送されていて、妹と弟と一緒によく観ていました。

毎回ドラマを観るたび号泣してしまうのですが、泣くのはいつも私だけ。妹と弟は「バカみたい。ドラマなんだよ」と冷ややかに言います。

こいつら心が無いのか、と私は思うのでした。

産みます、もちろん

病院の診察室。私のお腹に機械をあてながら画面を見ていた医者が、妊娠二ヶ月目であることを告げました。とても嬉しくて夢を見ているようでした。

診察を終えると先生は「病院を紹介しますから、そちらの病院へ行ってください」と言いました。

「えっ、ここの病院で産んではダメなの？」

「えっ、産むの？」

「ハイ、産みます、もちろん」

すると先生と旦那さまは声を揃え「母体がもたない！」

「家に帰って、よく考えてください」と言われ帰ってきましたが、私は産む気満々です。旦那さまが母や兄弟に相談をして、みんなから説得されたけど、「私は、死んでも産む」と固い決意を表明しました。

それでも反対をされたので、なんだか私よりもお腹の中の子の方がかわいそうになってしまい、自分のお腹を見ながら「大丈夫だよ、ママがちゃんと守ってあげるからね」と話しかけていました。

ふたたび病院に行く日が来てようやく、「明美が頑として折れない。しょうがない」とみんなに産むことを許してもらいました。

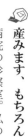

父にはまだ妊娠したことも産むことも話していません。「お父さんには、しばらくは内緒にしておいて」とみんなにお願いしました。

病院の先生にも決死の覚悟を告げると、「お母さんがそこまで言うなら先生も頑張ってみる。一緒に頑張ろう。もしお母さんが危なくなっても赤ちゃんは助けてあげるから」と言ってくれました。私の心はなんだかとても温かくなって、嬉しい気持ちになりました。

月に一度、血液検査をして、四、五ヶ月ぐらい経った頃、先生が「流産しないようにホルモン注射をするからね」と言って、長くて太い注射をしました。私も大変だったけど、三時間くらいかけて注射をしている先生の顔を見て、私はありがたい思いでいっぱいになりました。

四ヶ月目までは普通のスカートを履いていたのですが、看護師さんに「そろそろマタニティドレスを着てあげないと赤ちゃんがかわいそうですよ」と言われ、近所の人に恥ずかしいなという思いがありましたが、着ました。なるべく可愛い服を選んで。

決死の出産は総力戦

妊娠八ヶ月目に骨盤のレントゲンを撮りました。骨盤の広さは十分ありましたが、整形の先生によると「今でも足が開かないのに、痛みが加わったら緊張してもっと開かなくなる。自然分娩は無理だ」ということでした。でも私も産婦人科の先生も自然分娩をあきらめませんでした。

九ヶ月目、私は病室に二畳分の畳を敷いてもらい布団で寝ていました。産婦人科の看護師さんが様子を見に来ては私の状態を詳しく記録しています。

いよいよ産み月に。私の体重が五キロしか増えなかったので先生が心配をして、いつ帝王切開になってもいいように準備万端にしていてくれました。

私も三日間食事は食べられませんでした。

三日前から軽い陣痛があり、その間、看護師さんがどの角度だと一番足が開くかを見ていてくれていたみたいで、分娩台をかなり起こした状態での出産になりました。

そして一九八三年十一月、男の子が生まれました。

看護師さんが「ママですよ」と言いながら、赤ちゃんを私のお腹の上に置いてくれました。私は泣くのをこらえるのが精一杯で嬉しくてたまりませんでした。

家族が来てくれたのですが、その日は親せきの結婚式があったので、みんな揃って留袖や礼服姿です。看護師さんもびっくりしていました。

「よく頑張ったな、死ぬかと思ったんだぞ」と兄がわんわん泣いてしまい、私はちょっと恥ずかしかったけれど嬉しい気もしました。

昼間は母乳をあげて、夜中は看護師さんがミルクを飲ませてくれて、出産から一週間後、退院することができました。

出産した後、利き手の右手が動かなくなってしまいました。

右手が駄目なら少しだけ動く左手の訓練をしてちょっとでも動くようにしてやろうと思い、最初は、あんパンを食べることから始めました。次々にできることが増えていきました。

赤ん坊が六ヶ月目のとき、私の髪の毛を引っ張ったので、私も赤ん坊の髪を引っ張って「痛いでしょう?」と言って泣かせてしまいました。母は「まだわからないから」と言いましたが、私は少しでも人の痛みがわかる子になってもらいたかったのです。

エピソード⑯「父」

妊娠して六ヶ月目ぐらいになるとずっと座っているのが辛くなり、寝転んだり座ったりの毎日に。

そんな私を見て、何も知らない父は「明美は最近寝てばかりいるから、ドラム缶みたいになってきたじゃないか」と一人のん気です。

弟が「親父、アッちゃんは妊娠してるんだよ」と話すと父はびっくり。

「大丈夫なのか、明美は。早く医者に行って何とかしてこい！」

「もう遅いよ。あと四ヶ月で生まれるんだからさ」

「ふ〜ん」

はしゃいで熱出し怒られる

人物紹介
⑩姪っ子

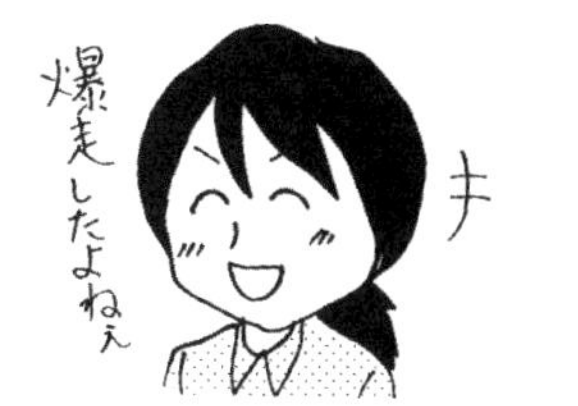

障害者や高齢者のヘルパーとして働き、かつては明美のサポートも。明美と病院内を爆走し怒られた人。

さらに挑戦は続く

子どもが一歳になった頃、保育園に預けるようになったのですが、すぐ熱を出してしまうので一年くらいで保育園はやめました。

三歳になると私は子どもに少しずつおにぎりや目玉焼きなどの簡単な料理を覚えさせました。

五歳のとき、私はまだ火曜日だけ作業所に行っていましたが、なかなか自立ができないので、ちょっと悪かったけれど旦那さまのせいにして作業所をやめました。

子どもの幼稚園のことを考えていたら、送り迎えをしたいなと思い、電動車イスをつくってもらうことを考えました。

母に頼んでもよかったのだけれど、私はどうしても自分で送り迎えがしたかったのです。

更生相談所に行って相談すると、先生は「キミには無理」と、にべもない返事。

「やってみないとわからないでしょ！」と詰め寄ると、「で、ではちょっと練習をしてみましょうか」ということになりました。

イスを丸く並べてその周りを右に回り左に回り、イスを二つ置いて8の字に走り、四角い大きなマットの周囲を走って、最後は屋外に出て、五回目でパスしました。

電動車イスのこと、さらにヘルパーさんや入浴サービスを頼んだことも、両親に話すとなんやかんやとうるさいことを言われそうだったので、すべて黙って決めてしまいました。ヘルパーさんが来たときも電動車イスが来たときも、母はビックリしていました。

三善英史さんの追っかけもこのあたりから母ではなく作業所で知り合ったボランティアの人と一緒に行くようになってきました。母には悪かったのですが楽しかったです。

でも母なら、何も言わなくても私の考えていることやしてほしいことがわかるのですが、ボランティアの人やヘルパーさんには、はっきりと私の意思を伝えないと理解してもらえません。

言葉にして伝えるのはすごく難しかったけれど、とても楽しいなと思えてきました。

五　息子よ…

素直で人の痛みがわかる子に

私が子どもの頃に、大人はずいぶん勝手なんだなと思ったことは、息子にはなるべくしないようにと考えていました。私が間違っていたときには謝ること、それと息子が「僕はこうしたい」と言ったときには、必ずその意思を優先させることを心がけ、失敗をしたら「じゃあ、今度はママのやり方でやってみな」と言っていました。

息子には、素直に謝れる子、約束を守れる子、人の痛みがわかる子、そんな子になってほしかったのです。

私は息子の門限を夏は十七時と決めて腕時計が鳴るようセットをしておきました。何回も、何回も帰りが遅くなった日のこと。私は息子に言いました。

「今日は家には入れないよ。あなたなんて裏のお山で暮らしなさい」

「夜になったら暗いし、お腹がすくよ」と不安げな顔の息子。

「大丈夫。お山にはお猿さんがいるから、仲良くなって木の実の取り方を教えてもらって、お猿さんたちと暮らしていきな」

「ごめんなさい」息子が謝ったので家に入れてあげました。

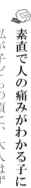

ゴミ箱から、まだ目の開いていない子猫を拾ってきたこともありました。「飼ってもいい？」と問う息子に、私は「あなたはママがいなくなってしまったらどうする？　ママは嫌だな、あなたがいなくなってしまったら。寂しくて泣いちゃうな。この猫ちゃんのママも今頃探しているかもね」そう言うと「うん、わかった」と言って元の場所に子猫を置いてきました。

幼稚園の帰りのバスの迎えができなかったある秋の日、息子は帰ってくるなり、カバンを開けて「おみやげ」と言ってピンクのコスモスを取り出し、私の髪に挿してくれました。「ママかわいい」と言われて私はとても嬉しくなってしまいました。

またあるとき、「あなたは大きくなったら何になるの？」と聞くと「ママと結婚するの。だってママはお料理もお洗濯もできないから僕がいないと駄目でしょう」と言ってくれたこともありました。

でも小学校に通うようになってからは友達と遊んでばかりで、私のことは振り向きもしてくれないようになってきました。私は「つまらないな」と思いながらも、自分が子どもだった頃を振り返ってみました。私は障害を持っていたから親離れがちょっと遅かったのかも、と思いました。そのとき私は、子どもは自分の所有物ではないとあらためて感じました。

親の出る幕ではないけれど

私のせいで息子がいじめられるのではないか。私は常にそんな心配をしていました。

小学生になって三日が経った朝、登校したはずの息子が途中で家に帰ってきてしまいました。私は驚いて「どうしたの」と聞いてみると、「四年生の人が僕に虫が止まったからあいつは汚いって言って、みんなが僕から逃げるから学校には行かない」と答えました。

「嫌だろうけど、今日は頑張って行きな」そう言って再び息子を学校に行かせた私は、夕方、電動車イスに乗って、四年生の子の家へ向かいました。

チャイムを鳴らすと母親が出てきました。

「本当は親の出るところではないのでしょうが」と前置きした上で、私は訪ねた理由を話しました。

「今朝、お宅のお子さんがうちの子に『虫が止まったからあいつは汚い』と言ったらしくて、家に帰ってきてしまったんです。お子さんに一言謝ってほしいと思って来ました」

「うちの子はそんなひどいことは言いませんよ」

「お子さんに確認もしないで、どうしてわかるのですか?」そう問い返すと、母親はその子を玄関に呼び寄せました。そして「あなた、そんな汚いなんてこと言ったの」と怒鳴ったのです。

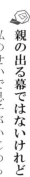

「僕そんなこと言ってない」と答えると、「ほら、そう言っているでしょ」と言いました。

「そんな聞き方したら、正直には答えませんよ」そう言うと私は、今度はその子に問いかけました。

「おばさんは、あなたを叱りにきたわけじゃないのよ。おばさんの子はね、一年生になったばかりで、学校が嫌いになってしまったら困るから、もしあなたがそんなこと言ったのなら、一言でいいから謝ってほしかっただけなの」

「ごめんなさい。僕、言いました」

その子は泣きながら謝りました。

するとまた母親がその子を怒りはじめたので、私は「奥さんがそうだからお子さんが何も言えなくなってしまうのでは」と言いました。

私はその子に「ありがとう、キミは優しい子だね。でも自分のやったこと、言いたいことはちゃんと言えるようにならないと駄目だからね」そう言って帰りました。

その翌日はどうなることかと心配でたまりませんでしたが、息子は学校から元気に帰ってきました。

「ママ、僕、昨日のおにいちゃんと遊ぶようになったよ」

私は、ほっと一息つきました。

エピソード⑰「やれやれ」

息子がまだ赤ん坊だった頃、一番慌てたのは、小さなオモチャを飲み込んでしまったこと。

ちょうどそのとき、母は買い物に行っていたため留守でした。

息子の顔色が見る見るうちに変わってきて、このままでは死んでしまうと思った私は、とっさに息子の服を掴むとうつ伏せにして背中を叩きました。

オモチャが口の中から出てきました。ほっとした瞬間、どっと疲れも出てきました。

やれやれ。

エピソード⑱「僕のママは…」

ある日、息子が幼稚園の友達の誕生日パーティーに呼ばれたときのこと。ケーキをテーブルに運んできた友達のママに、息子は「おばちゃんは、ケーキを買ってくるの?」と尋ねました。友達のママが「そうよ。どうして?」と答えると、息子は「僕のママは何もできないけど、みんなにいろいろなことを教えてあげるんだ」と言ったそうです。

私は少し嬉しいような恥ずかしいような、変な気分になってしまいました。

姉弟のように見えるでしょうが

息子の運動会の日。白い運動服を着ている姿を見て、私は心の中でずいぶん大きくなったなと思いながら、息子が生まれてきたときからのことを考えていました。

生まれた日のこと、初めてしゃべったとき、立ったとき……。転んで脳震盪を起こしたこともありました（このときは、死んでしまうのではないかと思いました）。

私はこの子といつまで一緒にいられるかな——。

運動会でそんなことを考えているのは私だけだよなと思ったら、何だか可笑しくなってしまいました。

小学三年生の頃から息子はブクブクと太りだしました。六年生になって中学校の制服をつくるときにはピークとなり、このまま大人になったらどうしようかと私はとても心配でした。息子に合うズボンが無くなりそうだったから。

中学生になると今度は身長が伸びてきて横は細くなってきました。制服を着るとなんとウエスト周りがブカブカ。ズボンのウエストを詰めたら後ろの両脇のポケットがくっついてしまうくらいです。かっこわるっ……と思いつつも、息子には黙っていました。新しいズボンを買ってくれ！　と言われると思ったからです。

中学校入学式の日、私は紺色の上下をまとい息子と家を出ました。近所の人に「姉弟みたいね」と言われて、少し複雑な気持ちでした。

でもそういうことは以前からありました。息子を連れて医者や保育園、幼稚園へ行くといつも姉と間違われて、私はバカだから実年齢より下に見えるのかもしれないなと思っていました。だから息子と歩くときは、いつも何だか自分が嫌でした。

男の子は外で親に会うのを嫌がると聞いていたので、友達と一緒にいる息子に出会ってしまったときなどには、下を向いていました。

でも、息子のほうから「ママ、どこに行くの？」と声をかけられ、なんだコイツと思いました。

ちなみに息子の友達も、私はお姉ちゃんで、私の母が息子の母親だと思っていたそうです。

いじめ、ふたたび

息子が中学生のとき、学校から帰ってくるなり、「もう、学校に行きたくない」と言ってきました。「Ｓ・Ｍ（イニシャル）が生意気だから焼きを入れてやろうぜ」とクラスの子が話していたのを耳にしたらしいのです。

「Ｓ・Ｍって、本当にあなたのことなの？」と尋ねると、「同じイニシャルの人はクラスに二人しかいないから」と息子は言いました。

「先生に話そうか？」と心配する私を息子は制止しましたが、「それがあなたでなかったとしても、もう一人の子だったらどうする？　あなたは友達をほっとけるの？」と説得して、担任の先生に話すことにしました。

電話をして事情を説明すると、先生は「わかりました。明日調べてみます」と返答しました。

翌朝、息子は学校へ行くのを嫌がりましたが、「もしもいじめられることがあったら、帰ってきてもいいから。行くだけ行きなさい」と言って送り出しました。

本当のことを言うと私もドキドキでしたが、お昼になっても帰ってこなかったので少し安心していました。

息子が学校から帰宅して間もなく、担任の先生から電話がありました。やはり、焼きを入れる標的は息子だったようです。

「ピアスをしているから生意気だ」という理由でした。息子はピアスなどしていなかったのですが、とりあえず「その生徒も謝っていたので」と先生が言うので、私も「わかりました」と答えました。

「でも良かったです。お母さんが勇気を出して電話をしてくれたおかげで、いじめを未然に防ぐことができました」そう言われ電話を切ったものの、息子は、チクったと言われていじめられたらどうしようかとまた心配していました。

私も内心は不安でした。

息子に「世の中は勉強ばかりではないから、いじめられたら学校なんて行かないでいいんだよ」と言いました。

その後、学校でいじめられるようなことはありませんでした。

エピソード⑲「授業参観」

小学校の初めての授業参観日。一つだけ席が空いていて、息子の姿がありません。おかしいなと思い、教室の中を見回してみると、なんと教壇の上に寝転んでいるではありませんか。ああ、恥ずかしい……。

先生が「席に戻りなさい」と言うと、息子は「イヤだ」と言って先生の手を握り、甘えていました。幼稚園の頃と変わっていなかったのです。

学校から帰ってきた息子に「あなたはいつも先生のところにいるの？」と聞くと、「うん」と晴れやかに答えたので、私は何も言えなくなってしまいました。

息子、道場で安眠

人物紹介 ⑪息子

明美の一粒種。調理師学校へ進み、飲食店で修行を積むが、彼にもまた、ここには書けない波乱の人生あり。

誰に似たのか、勉強嫌い

中学校の卒業式の日を迎えました。

生徒たちは皆、制服の胸ポケットにクリーム色の薔薇の造花を挿しています。私は何ともいえない気持ちになってしまいました。

嬉しい気持ちもあるし、少し寂しいような、複雑な気分でした。

卒業後、息子は一年間、調理師の専門学校へ通い、十六歳でレストランで働くようになりました。高校へは行っていません。

「僕は、高校なんて行きたくない」と言うので、「行かなくてもいいから、そのかわり手に職をつけなさい」と条件を出したのです。

専門学校に入ると周りは年上の人ばかり。

「どうしてここに来たの?」十五歳の息子は先輩からそう聞かれると、「勉強が大嫌いだから高校は行きたくなかった」と答えたそうです。

でも、「ここは高校より大変だよ」と言われ、落ち込んでいました。

エピソード⑳「お墓参り」

息子が三歳ぐらいになった頃から、バイク事故で亡くなってしまった従妹のお墓参りに連れていくようになりました。

そこで息子にこんなふうに語りかけたことがあります。

「ここに眠っている人はね、あなたみたいに人間だったのだけれど、バイクに乗っていて事故に遭って、今は石になってしまったんだよ。だから、あなたはバイクには乗らないでね」

六　自立～生きていく～

ひとりで暮らそう

息子が働き始めて四年が過ぎ、成人しました。私も気がつけば四十三歳。息子や両親には頼りたくなかったので一人で暮らすことにしました。

「あれ、旦那は?」と思うかもしれませんが、旦那さまとは離婚しました。性格も価値観も合わなかったようで、そのような結果になってしまった次第でございます。

さて、世間知らずの私が、はたして一人暮らしができるのかどうか……正直不安でした。母も、ものすごく心配して「家に戻ってきなさい」と言ってくれましたが、今、親に甘えたら将来がとても怖いものになりそうだし、施設にはもう入りたくありませんでした。ここで頑張らないと駄目だと思い、優しい母の言葉を蹴っ飛ばし、私は一人暮らしを始めました。

最初のうちは、あれやこれや考える暇もないほど疲れてしまって、夜になるとバタンキューです。だんだん体がしんどくなってきたので、支援センターの人に来てもらうことにしました。私に合ったプランをつくっていろいろ相談にも乗ってくれて、今でも一生懸命やってくれています。

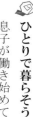

別れてしまった旦那さまですが、結婚生活は辛いことばかりではなかったのですよ。一緒にいろいろな所に遊びに行ったりもしました。

私は原宿が好きなので、よく渋谷から原宿まで車イスを押してもらって、クレープを食べて、竹下通りを歩いて、サンリオショップでリトルツインスターズのグッズを買って……。

楽しかった思い出はたくさんあります。

エピソード㉑「旦那さま」

私はなぜ生きているの？

ようやく一人暮らしにも慣れてきました。十二歳の時にファンクラブに入った三善英史さんには時々ヘルパーさんと会いに行っていましたが、だんだんスケジュールが合わなくなり、行かれないことが多くなってきていました。その間、韓流スターにちょっと浮気したりして楽しんでいました。

そんな矢先、私の大事な手が動かしにくくなってきてしまいました。三十歳のときから徐々に体が痛むようになってきて、薬は朝昼夜と飲んでいたのですが、とうとう首の骨が曲がってきてしまい、医者から首の手術を勧められました。

私はすぐに手術をしてもらうことにしました。ヘルパーさんは「そんなに簡単に決めちゃっていいの？」と心配してくれましたが、私はその時からいつ死んでもいいと思っていたし、逃げるのは私の心に許せないものがありました。私の心はまるでミックスジュースみたいでした。二〇〇六年の夏のことです。

手術の日、病室から手術室へ運ばれると、手術台の横で先生が「ハイ、これから眠くなるからね」と言いました。何もしてないのに眠くなんかなるわけないじゃんと思っているうちに先生やスタッフさんの顔がボヤけてきました。

真っ暗やみの中に先生の声が聞こえて眠りから覚め、声のする方に顔を向けようとしましたが首が動きません。

「先生、ここはどこ?」と聞くと、「エレベーターの中。今から病室に戻るよ」と教えてくれました。

私は先生に頼んだことがありました。それは「私が痛がって他の人に迷惑をかけちゃうと困るので、痛み止めを切らさないでね」という約束でした。

病室に着くと私は「これ邪魔だからいや!」といって酸素マスクを外そうとしましたが、看護師さんや同室のおばさんから「我慢しないと駄目よ」と言われおとなしく我慢しました。その夜は、熱が四十度も出ていたので看護師さんが朝までずーっと付いていてくれました。

その後、看護師さんやみんなとは普通に話をしていたけれど、心のどこかで、私はどうして生きているのか、神様は私に何をしろと言っているのだろうか……いろいろと考えていました。

懸命のリハビリ

首の手術から三日後くらいから、日にちや曜日がわからなくなり、手も動かなくなってきました。私は、生きるならこのままでは駄目だと思い、先生に「リハビリをさせて」とお願いしましたが、あと四日くらいは安静にするように言われてしまいました。「このまま手が動かなくなりそうで怖いの」と訴えると、ベッドから起こされ、首にコルセットを着けて車イスに座らせてくれました。が、首が痛いのなんの。これで痛がっていたら体が動かなくなってしまうと思い我慢をしていましたが、一時間くらいしてから看護師さんを呼んでベッドの机を前に置いてもらい、休みながら起きていました。

朝は平熱なんですが、決まってお昼頃になると寒くなって、熱が三十八度ぐらいになるのが三週間ぐらい続きました。「元気がないし食欲もないから、血液検査をしよう」と先生に言われましたが、首が痛いんだから、口を動かしても痛いんだから、食欲も元気もないに決まっているだろうと思いました。血液検査の結果は、特に異常はありませんでした。

四日が経った日の朝、先生に「今日からリハビリしてもいいんだよね」と聞きました。先生は「えっ、本当にやるの?」と心配しましたが、お昼からリハビリを始めることを許可してもらいました。

リハビリ室に行って、車イスから降りて、いつも通りに座ろうとすると膝が曲がらなくて座れません。

私は怖くなってしまいました。たった一週間でこんな状態になってしまうものなのかと信じられない思いでした。

先生が枕二つとバスタオル一枚を持ってきてくれました。枕を二つ重ねてバスタオルを上にかけて、その上に座ってみることに。でも、まだ高さが足りません。先生はバスタオルをたくさん持ってきてくれて私が座れるぐらいに調整をしてくれました。なんとか座れましたが、それが精一杯でそれ以上のことはできませんでした。

病室に戻ってから、私は車イスの上で膝を曲げる練習を寝るまでやっていました。不思議なことに、そういうときは熱があっても大丈夫というか、だいぶ体も良くなってきていたのかな？

翌朝、リハビリ室に行くと、先生が昨日と同じように枕とバスタオルを用意してくれました。私は先生に「枕なしで、一度普通に座らせてみてください」とお願いしてやってみました。するとどうでしょう、昨日のことがうそのように、信じられないくらいスムーズに座ることができたのです。

先生が「すごい、どうして？」と驚いていたので、一人で膝を曲げる練習をしていたことを話しました。私も嬉しかったし、先生もすごく喜んでくれました。

早めにリハビリを始めて良かったなと心から思いました。

つのる不安と焦り

人物紹介
⑫支援者

一人暮らしを始めた当時、ヘルパー事業所のコーディネーターだった地村さん。明美の自立を応援してくれた。

もう退院させて

病室ではやることがなくて……。月曜日のたびに採血をするのですが、特に何もないようで、先生からは「熱が出るのは人工の骨が入っているため」という説明。

もう病院にいることはないなと思ったので、先生に言いました。

「退院したいの。だってもうやること何もないじゃん!」

「まだ三週間だから、あと一週間待ってて」

私はがっかりしてしまいました。

朝のリハビリ一時間、午後のリハビリ一時間よりも、一人暮らしは無理だとしてもとりあえず実家に行って、早く一人で暮らせるようにしたかった。早く病室の外に出たかったのです。

約束の一週間が経とうとしていた二日前に先生が来て言いました。

「どうしても退院したいの?」

「うん」

「じゃあ明後日、退院してもいいよ」

良かった。私は母に頼んで、実家でお世話になることにしました。

痛い、つらい、死にたい

退院の日、私は自由の身になれたようで何だかウキウキしていました。

実家に着くと布団が敷いてあったので、「これじゃ病院と同じ。布団なんていらないからしまって」と母に言うと、私は部屋の端から端まで動く練習を始めました。

動きすぎて疲れてしまうこともありましたが、二ヶ月くらい経つとかなり自信がついてきました。

そして一週間に一度、自分の家に帰りポチポチと生活し、四ヶ月目に一人暮らしを再開しました。

自宅に戻ってはきましたが、以前の暮らしぶりとはほど遠く、布団の中で薬を飲んでからでないと体が動かなかったり、全身が痛かったり……。

体を治すために手術をしたんじゃないの？　こんなの嫌――。

そう思いながら暮らしていたら、死にたくなってしまい、私は腕に包丁を当てていました。

傷は何ヶ所にもなりましたが、力がなかったせいで深手には至りませんでした。

通院先の先生から「もう、そんなことをしたら駄目だよ」と言われましたが、自傷行為はその後も続きました。

ヘルパーさんからも「先生との約束はどうしたの？　あなたは約束は必ず守っていたでしょう」と言

われたのですが、私にはそんなこと、もうどうだって良かったのでした。

十二歳のときから大好きだった三善英史さんにも会えなくなってきてしまったし、私は自分をコントロールできなくなっていました。

心配した友達は毎日メールをくれるようになり、病院の先生からは「今度体に傷をつけたら精神科に行ってもらうからね」と言われました。

二〇〇七年九月からは訪問看護が入るようになりました。

自傷行為はなくなりましたが、それは、刃物という刃物はすべて隠されてしまったためで、私の心に変化はありませんでした。

刃物があってもなくても、私にはどっちでも良かったのです。

心の奥にとどいた歌声

十二月のある夜。気分がすぐれなかったので、普段はあまり観ないテレビをつけながら、いつものように友達とメールのやりとりをしていました。

テレビでは歌番組をやっていて、なんとなく聴きながら返信文を打っていると、何とも言えず心地よい甘い声が私の心の中にスーッと入ってきました。心が落ち着くようなその歌声にひかれ、私はメールを打つのを止め、テレビの画面に目を移しました。そこに映っていたのは、歌声のイメージ通りの優しい顔をした歌手でした。

私はその歌手の名前と曲名をメモしようと、もう一つの携帯電話を取るのに必死でした。返信が滞ったことを心配した友達が電話をかけてきました。

「大丈夫？　また何か変なことしてないよね？」

私は「それどころじゃないの。あとでメールするから」と答え、すぐに電話を切りました。

なんとか携帯にメモを保存することができ、あらためて友達に電話をしました。

「テレビでね、素敵な人を見つけたの」

「なんだ、安心したよ」と友達は言ってくれました。

首の手術を受けたあと、私はいったいなんのために生きているんだろうと考えていたけど、きっとこのためなんだ。あの人と会うために生きていたんだ。友達との電話を切ったあと、私は布団の中でそんなことを思っていました。

私はさっそくファンクラブに入会し、半年ほど経った頃、会いに行きました。とても素敵でした。どこがって聞かれるとやっぱり声が一番でした。その時はそれくらいだったかな？

最初にファンになった三善英史さんは年上で私を可愛がってくれたのですが、私も結婚したりしてだんだん会いに行くことも少なくなり、二〇一三年にファンクラブはやめてしまいました。自分でも信じられませんでしたが、周りの人も信じられないと言っています。

今度好きになった歌手の竹島宏さんはかなり年下の人なんです。年下の人には関心なかったのに。会いに行くたびに、いいないいないいなと思える人です。

いつでも誰かに支えられ

私はどこかへ出かけるときは電車とバスを使っています。昔は階段や段差があると、駅員さんや近くの人に声をかけて手伝ってもらっていました。今はほとんどの駅にエレベーターが付いていて、駅員さんもバスの運転手さんの対応も良くなっているので外出をするのもずいぶん楽になってきました。

竹島宏さんに会いに行くときは、通常のヘルパーさんの時間帯だと足りないので、支援センターの人にお願いして時間を長く取ってもらっています。何かにつけ、支援センターの人は大変な思いをしながら私の計画書を練り直してくれて、それに合わせてヘルパー事業所も動いてくれています。

私が何かをしたいなと思うとき、いつも周りの人たちが一生懸命になってくれます。だから私も責任を持たないといけないし、私の生きている時間は私一人のものではないと感じています。だから頑張れるんだなと思っています。

でもやっぱり竹島さんの力が大きいかな。あの人がいなかったら私は立ち直れなかったと思っています。一人暮らしを始めてから、私はご飯を食べないでお菓子ばっかり食べていたので、訪問看護師さんやヘルパーさんたちからいつも注意されていました。でも竹島さんに出会ってからはしっかりとご飯を食べるようになったので、ヘルパーさんたちは「私たちはなんなの？」と言っています。

七　母と父と私

母、老いる

母の様子が少しおかしくなってきました。

「毎日つまらない」と言うので、私は週に一度だけ実家に泊まりに行くようにしていました。ある朝、私は母に「水をちょうだい」と頼みました。母はキッチンへ水を汲みに行ったのですが、別の用事を済ませて水を持ってくるのを忘れてしまいました。そんなことが続けて五回もあったので、これはおかしいと思い、妹と弟に相談をして病院へ連れていくことにしました。母は「何ともないから大丈夫」と拒んだのですが、「もう年なんだから、脳に血液が固まっていたりしたら怖いし、年に一度くらい検査した方がいいよ」と母を説得しました。

病院の先生は手と足が動くかを確認し、「ただの物忘れですよ」と言ったけれど、私は心配だったので、念のため、普段母が通っていた内科で別の病院を紹介してもらいました。

ＭＲＩ検査の結果、初期の認知症という診断でした。それから私は毎朝、母に「薬を飲んでコール」をすることにしました。

母は相変わらず「つまらない」と言いながら友達とカラオケに行ったりして、毎日お酒ばっかり飲んでいました。私が泊まりに行って、「今日はお酒を飲まなくても私がいるんだから寂しくないでしょ？」

と言っても飲んでしまうので、妹に来てもらいお酒を全部捨ててもらいました。

数日後、もう飲んでないだろうなと思いながら実家に行くと、母は不在で、たまたま開けた洋服ダンスの中に大きなお酒のボトルが隠してあったのを見つけてしまいました。帰宅して「あれ、今日、来る日だっけ？」と言う母の目の前にお酒のボトルを置いて「こんなもの飲んでるから私との約束も忘れるんだよ」と怒りました。母は黙ったまま買ってきた食品を袋から出し、焼酎をグラスに注ぎ水で割って飲んでいました。

私は、何のために母のところに通っているのかわからなくなってきて、しばらく行くのをやめました。

母はどこかへ遊びに行くと仲間の分までお金を出していたようで、お金がなくなると私に借りに来ていました。最初は貸してあげていたのですが、遊びに使っていることを知ったときからは断るようにしました。

すると今度は父の事務所に行ってお金をねだるようになったので、父に電話をしてお金を渡さないよう言いました。でも、父はお金をあげていたようで、母は朝から夜中まで遊んでいたみたいです。

息子も心配して「もう、おばあちゃんはお母さんが面倒を見ないと駄目だよ」と言うので、母を私の自宅に連れてきました。

福井の夜に魅せられて

福井で竹島宏さんのディナーショーが行われることになりました。

福井県は竹島さんの出身地だったので、私はどうしても行きたかったのですが、支援センターによると旅行の付き添いには原則ヘルパーの利用はできないそうなのです。それでもヘルパー事業所の方たちが何とか方法はないかと考えてくれて、行けることになりました。

心はウキウキしながらも、母との生活で私の頭の中はパニック状態でした。母が出かけているときと、夜、布団の中に入ったときだけは福井のことを考えることができて幸せな気分になれました。

さて、留守中、母のことはどうしよう……。いつもライブに行くときなどは妹に頼んでいるのですが、今回は一泊。どうかなぁと打診してみると「いいよ。行ってきな」と快諾。妹が来てくれることになり、私は心置きなく福井へ行くことができました。

新横浜駅から新幹線に乗って、私の心は空を飛んでいるようでした。

福井に着いたのは夕方近く。私とヘルパーさんは駅の近くで花束を買ってホテルへ向かいました。部屋に入るとすぐ変身に取り掛かります。これがまた大変。私はとっても不細工なのでいつも苦労が絶えません。どんなふうに自分をアレンジするかで悩みますが、ま、それも楽しみの一つです。

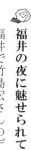

その日は水色のドレスです。ようやく変身して会場に入る時間が来ました。いつもドキドキしているのですがその日はさらにドキドキ。ショーが始まり、歌を聴いている間は、私はそこが福井であることを忘れていました。

ショーが終わり、部屋に戻って窓を見たら外はもう真っ暗でした。夜景がすごく素敵だったので、私は窓を背にドレス姿で写真を撮ってもらいました。

その日はなかなか眠りにつくことができなくて、うつらうつらしているうちに朝になりました。

ホテルを出て駅の近くでお土産を買って電車に乗って、お弁当を二つも買って食べてしまいました。後で胃が苦しく気持ち悪くなってしまったけれど、素敵な思い出になりました。

エピソード㉒ 「母とお酒」

母はお酒をやめられず、ひどいときには二十五度の焼酎をストレートで飲んでしまい、私はびっくりして、思わず母が持っていたグラスをはらったこともありました。

私の家に来てからも相変わらずで、ヘルパーさんと三人で買い物に行くと、母が買い物かごにビールを入れてしまうので、その度にヘルパーさんに頼んでビールを戻してきてもらっていました。

「あれ、ビールは?」「ダメ!」そんな日々が続き、私はもう買い物には母を連れていかないことにしました。

そのうち、母は一人ではバスにも乗れなくなってきました。いつも行っていたところにも行けなくなったので、お酒からも離れていくようになりました。

我が家は相談のトライアングル

同居している母が、言うことを聞いてくれません。なかなかご飯を食べてくれないし寝てくれないし、訳のわからないことを言うし。私はそのたびに地域包括支援センターに電話を入れてうるさいくらいに相談をしていました。

地域包括支援センターで認知症の家族会を紹介してくれて、二〇一二年二月には母にケアマネージャーさんが付き、八月からはデイサービスに通うようになったので、私の心も少しずつ落ち着いてきました。

ところが今度は、父も私の家に来るという話が持ち上がってきたのです。

父は会社が倒産してからしばらくは一人でアパートを借りて暮らしていました。腎臓が悪いため腹膜透析をして頑張って生活していたのですが、高齢となり一人で暮らすのが難しくなってきたのです。

父には悪いのですが、正直、私は父の世話をするのが嫌でした。いいえ、それ以上に父とは一緒に暮らしたくなかったのです。

私が幼い頃、父はお客さんが来ると私を笑いものにしていました。弱い人をバカにしたり、家には給料を入れないし、そのためにお兄ちゃんたちが苦労をしていても知らん顔だし、浮気はするし……。

そんな父のことが大嫌いでしたが、しかたなく、二〇一二年二月に父を引き取りました。

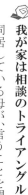

父と母は仲が良くなかったので、同居の際、私は二人に「仲良くしないと二人とも出て行ってもらいますからね」と釘をさしました。

こうして母と父と私の三人暮らしが始まりました。

始まりはしましたが、何せそれぞれに病気や障害を抱えています。どの時間帯に誰のヘルパーさんを入れて何をしてもらうか。私の支援センターの人と両親のケアマネージャーさんと打ち合わせを重ね、まるで我が家は相談のトライアングルみたいに思えました。

父が来たことで、腹膜透析液の箱がたくさん届くようになって、部屋の中が狭くなってしまいました。私は父といるのが嫌だったので、デイサービスに通うなど、なるべく外出するようになりました。父もきっとその方が気持ちが休まったと思います。

私も誰かの力になりたい

ヘルパー事業所の人から相談支援専門員の研修を受けてみないかと言われました。相談支援専門員とは、障害を持った人の相談に乗ったり、自立を支援する人のことです。

私もその頃、障害のある人が私と同じように一人暮らしなどができるよう、何か少しでも力になれたらいいなと思い始めていたときだったので、その話にとても興味を持ちました。

私はそんなに頭が良くないので自信がなかったけれど、その人の応援もあったし、竹島宏さんが弱気な私を見たらどう思うかを考えたら頑張らなくちゃいけないという気持ちになって、受けてみることにしました。

でも私にはもう一つ大きな難問がありました。私は三十歳のときから筋肉の緊張をやわらげる薬を飲んでいて、薬を飲まないと体がまったく動かなくなってしまい、全身が痛くなってしまうのです。ただ、この薬を飲むと眠くなってしまうため、ちゃんと受講できるか、それが心配でした。

主治医に相談すると、薬の服用量を少し減らしてみてはどうかと言われ、研修が始まるまでの間、眠くならずに痛みをできるだけ長い時間抑えられる量を自分で調整してみました。

研修は、二〇一三年七月から始まりました。時間は午前十時から午後五時まで。お昼過ぎになると痛みが出てきて、午後二時頃になると苦しくてたまらなくなってきました。私は、あと少しだから頑張れ頑張れと自分に言い聞かせていました。

一日の研修が終わるたびに、私は竹島さんのファンとしてふさわしいかなと思っていました。そして、全六回の研修が終わりました。

やったー！　と思うと同時に、いろいろな人たちの顔が浮かんできました。研修会場まで連れていってくれた運転手さん、ノートをとってくれたヘルパーさん、トイレに行くときにヘルパーさんと一緒に手伝ってくれた人、朝、着替えをさせてくれた人たち……。私は感謝の気持ちでいっぱいでした。

父も、母がデイサービスから帰ってくると面倒を見てくれていたし、私はあらためて、自分一人で生きているのではないと実感しました。

十月からは手話も習い始め、二〇一四年には相談支援専門員の実務研修に行ってきました。実務研修も朝から夕方まででしたが、期間は三日でレポートもなかったので少し楽でした。

父、天国へ

父がご飯を食べなくなってきて、具合も悪く、しょっちゅう病院へ行くようになってきていました。私はケアマネージャーさんに相談して貸しベッドと杖を頼み、父をベッドに寝かせました。体がガリガリに痩せてしまっていたためか背中が痛いと言うので、マットを取り替えようかと話していた矢先、苦しみだしたので、救急車を呼んで病院に運びました。

先生の話では、肺が狭くなっていて、何を食べても肺の方へ入ってしまうそうです。父は入院することになりました。

二〇一三年十月二十日に病院から危篤との連絡がありました。そのときは持ちこたえたのですが、二日後にまた危篤になり、私とヘルパーさんとケアマネージャーさんで駆けつけました。

父は透析室で透析をしていました。意識もうろうとしていましたが、看護師さんが父に声をかけると、父は酸素マスクをはずしてケアマネージャーさんに何かを言おうとしました。でも声が出ないので、私は「元気になって家に帰ってきてから話せばいいから、今は、それをちゃんと着けておいて」と言いました。父はうなずいて静かに目を閉じました。

翌日、病院へ行くと昨日のことがうそのように、父はベッドの上に座っていました。私は父が寝ていても楽しめるようにと、キラキラしていてくさりが揺れる髪飾りを持ってきていました。父はベッドの柵を指差しましたが、看護師さんの仕事の邪魔になるといけないので、ティッシュの箱に差してあげたら喜んでくさりを触っていました。私は「また明日来るからね」と言って帰ってきました。

次の朝、病院から「危篤です。すぐ来てください」と電話があり、病院に行きました。午後二時頃までいて、父の容体に変わりなかったので病室を出ました。

帰りのバスに乗って数分後、病院から再び電話がありましたが、ヘルパーさんがいられる時間も決まっていたし、みんなに迷惑をかけたくなかったので、父には悪いと思いながら、夕方、妹に行ってもらうことにしました。

午後六時頃、妹から「間に合わなかった」と電話が入りました。

二〇一三年十月二十四日、父は永遠の眠りにつきました。

私の家に父が来て一緒に暮らした時間はわずか一年八ヶ月でしたが、悔いはありません。できることはしてあげたと私なりに思っています。

ただ、父は何も食べられないで天国へ旅立ってしまったので、クリスマスとお正月と私の誕生日のご馳走を食べさせてから逝かせてあげたかったです。

ディナーショーin福井

人物紹介 ⑬三善英史

1972年にデビュー、端正な顔立ちと美声で世の女性たちを魅了した演歌歌手。明美の初恋の人。

人物紹介
⑭竹島宏

甘く優しい歌声で失意の明美を救った歌手。いまも心の糧であり、大きな支えとなっている。

八　みなさんの力を借りながら

お世話になっている方々

これまでたくさんの人の助けを借り、支えられながら生活をしてきました。いつも私をサポートしてくれている方々、そして皆さんと私との関わりをほんの一部ですが紹介させていただきます。

◎コーディネーター、支援センター

支援センターの荒井さんを紹介してくれたのは、ヘルパー事業所のコーディネーター地村さんでした。荒井さんに初めて会ったときは男の人だから話しづらいなと思いましたが、地村さんと荒井さんが話し合っているのを聞いていて、私が一人で生活していく上でとっても大切な人なんだと思いました。それからは荒井さんに直接言いにくいことは地村さんに伝えてもらいながら、一人暮らしを頑張りました。

ひと月に一週間だけ、私は実家に帰っていましたが、それは体の都合によるもので私の本意ではありませんでした。私は地村さんに本心を言って荒井さんに伝えてもらい、ヘルパーさんの時間を調節してもらっていました。

何度も何度も時間を変えてもらっていたので、ヘルパーさんには申し訳ない気持ちでしたが、私はどうしても一人暮らしをしたいという気持ちの方が強かったのです。

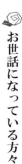

それは離婚をしたせいもあったのかもしれません。離婚したからといって実家に頼ることはしたくないという思いが心のどこかにあって、荒井さんや地村さんに無理を言ってでも一人暮らしにしがみつきたいと思っていたのです。だから私は別れた旦那さまにも感謝をしないといけないですね。

二年くらい経った頃からは地村さんを介さずに荒井さんに直接言えるようになりました。荒井さんは、私がヘルパーさんの時間を変更したいと言うとすぐに動いてくれて、「スケジュールがわからなくなってしまった」と伝えると夜でも来て、玄関ポストに色分けしたプリントを入れておいてくれたりしました。

竹島宏さんに会いに行ったときに時間がなくて握手会に参加できなかったことがあって、次の日に荒井さんにメールをしたところ、一ヶ月に一度、十二時間ヘルパーさんの時間をとってくれました。次のコンサートでは最後までいることができるようになりました。

◎ヘルパー事業所

私は元々相談員になりたかったのですが、支援センターの荒井さんを見ていて、さらにその気持ちが強くなりました。でも、私には勇気がありませんでした。

そんなときに相談支援専門員の初任者研修の話がありました。自信がなかったのですが、私の利用しているヘルパー事業所の代表の谷さんが「受けるだけ受けてみれば」と背中を押してくれました。

申し込みをしてカリキュラムが届き、それを見て私は唖然。朝から夕方まで、しかも六日間も私の嫌いな勉強ばかり。ああ、私は地獄に落ちてしまったと谷さんに言うと「大丈夫。受けてみればいい」とまたまた同じことを言われました。

研修を受けるにあたって、さっそく最初の壁にドーンと当たってしまいました。朝早くに会場に着かないといけないということ、そして授業内容をノートに書きとめることができないということでした。

そこで、谷さんが、車で送迎してくれるヘルパーさん、私の代わりにノートをとってくれたり会場でトイレに同伴してくれるヘルパーさんを探してくれました。ヘルパーさんたちにはとてもお世話になりました。

でも問題はそれだけではなかったのです。レポートや計画書の提出があったのでした。ひえ〜どうしようと思ったけれど、ここで挫折するわけにはいきません。私のために皆さんがここまで頑張ってくれているのだから、もう私一人の問題ではないと思いました。

私は支援センターの人に資料をコピーしてもらい。それを見ながら考えた計画書をヘルパーさんに代筆してもらい、何とか形になりました。レポートは授業中にノートに書きとめたことを細かく分析して書いていったら、私なりに上手くまとまりました。

今思うと、十八歳の頃、谷さんと出会えたことはとても大きく、私にとって運命の人だと思います。谷さんとは講演も一緒にやらせていただいています。

◎訪問看護・入浴

一ヶ月に二回、第二・第四月曜日に訪問看護師さんが来てくれて、バイタルチェックや爪切りをしてもらったり、いろいろな話を聞いてもらったりしています。何かあったときにはメールや電話をすると様子を聞いてくれて、心配なときには駆けつけてくれます。

看護師さんとは食べ物の話をすることが多いです。なぜかというと病院の血液検査でコレステロールが高めだと医者から言われていたからです。その上「あんたは動かないから、なかなか減らないから気をつけた方がいいよ」と注意されました。

肉は食べていないのにどうしてだろうと腑に落ちないでいましたが、よく考えたら、チョコレート、アイスクリーム、お菓子が原因だと気づきました。だから全部体から排除しました。

訪問入浴は毎週月曜日。女性二人と男性一人が来ます。浴槽を組み立ててもらい、バイタルチェック、それからお風呂に入ります。

入浴の際は、男の人に手伝ってもらうのは抵抗があるので、いつも来てくれているヘルパーさんが手伝ってくれています。バスタオルの上に寝転んで頭とウエストの辺りと足を三人で持ち上げて浴槽まで移動させてくれます。寝た状態で入る浴槽なのでちょっと狭い感じはしますが、髪の毛や顔、体を丁寧に洗ってくれて快適です。

◎訪問歯科・マッサージ

訪問歯科は百合ヶ丘にある『山鹿歯科』の先生が毎週月曜日に来て私の歯を見てくれています。

歯科で使う道具をコンパクトにまとめて持ってきて、歯石を取ったり歯の形を取ったり、もちろん虫歯の治療もしてくれます。小さな掃除機は欠かせない物らしいです。

おかげさまで私の口の中はいつもきれい。何かあるとメールをすれば様子を聞いて月曜日以外でも来てくれます。

訪問マッサージも月曜日に来てくれています。私の体の具合や痛いところを聞いてから始めてくれます。体全体を温めながら伸ばしてくれるのでとても気持ちがいいです。自分でもできるようなマッサージは自分でもするようにしています。

◎ヘルパー

ヘルパーさんは毎日来てくれます。曜日や時間ごとにやってもらうことを決めています。

朝六時に来るヘルパーさんにはカーテンを開けてもらい、顔拭き、トイレ、美容液、食事の用意をお願いしています。朝の八時のヘルパーさんは、整髪、着替え、トイレ、お弁当づくり。九時から入ってくれる月曜日のヘルパーさんには一ヶ月分ぐらいの料理をつくってもらい、小分けにして冷凍室に入れてもらっています。

夜の十時に来るヘルパーさんには、手に薬を塗ってもらったり、ゴミ出しをしてもらったりして、トイレが終わると私を布団に寝かせて帰ります。

そのほか、食器の消毒、畳等の拭き掃除、洗濯、月に一度の髪染め、美容液・パック（お風呂に入った時にはかならずしてもらっています）、買い物などなど、さまざまな生活援助により私の一人暮らしを支えてくれています。

◎認知症の家族会

一ヶ月に一度、第二火曜日に認知症家族会の『すみれの会』に行っています。皆さんとってもいい人で私を可愛がってくれています。どこでも優しく親切に接してくれますが、すみれの会は年上の方が多いので特にそう感じるのかな？

認知症のことでわからないことがあったりすると、すみれの会代表の鈴木さんに相談します。とても詳しく親切に教えてくれます。

そんな鈴木さんと講演もさせてもらっています。話をすることの下手な私にお付き合いいただきサポートしてくれています。

新しい暮らしが始まります

最近の私は、毎週火曜日には母のいるグループホームへ行きます。以前は、手話に行った後、母に会いに行っていたのですが、グループホームが遠くなってしまったので、今は手話はお休みしています。水・木・金曜日は、地域活動支援センターに通っています。火曜日に母の所に行かれないときは、木曜日に地域活動支援センターを休んで行きます。それと月一回第四水曜日に通院しています。

さて、ヘルパー事業所代表の谷さんから、「グループホームへの入居はどう?」と言われました。私が難色を示すと「じゃあ、どんなところだったら入ってみたい?」と聞かれたので、「一人で自立して暮らせるような、アパート式のグループホームだったらいいな」と私は答えました。

そんなのないか。でもなければつくればいい。それから谷さんもいろいろ考えてくれて、総会で提案してみようということになりました。ちょっと恥ずかしかったけれど私の思いやアイデアを発表してみると、皆さんが賛成してくれて、新しいグループホームをつくることになりました。

一階が一人暮らしの人の居住スペース、二、三階がケア付きグループホームという形態です。この本が出来上がる頃には完成している予定で、そこで私の新生活が始まります。

さて、どんな物語が待っているのかな――。

明るく美しく快適に！

私のシングルライフスタイル

暮らしの中の私なりの工夫やこだわり、
そして完成間近の新居の様子をご紹介します。

基本編

執筆活動に欠かせないアイテムの一つパソコンです。マウスはボタン式の装置を使います。

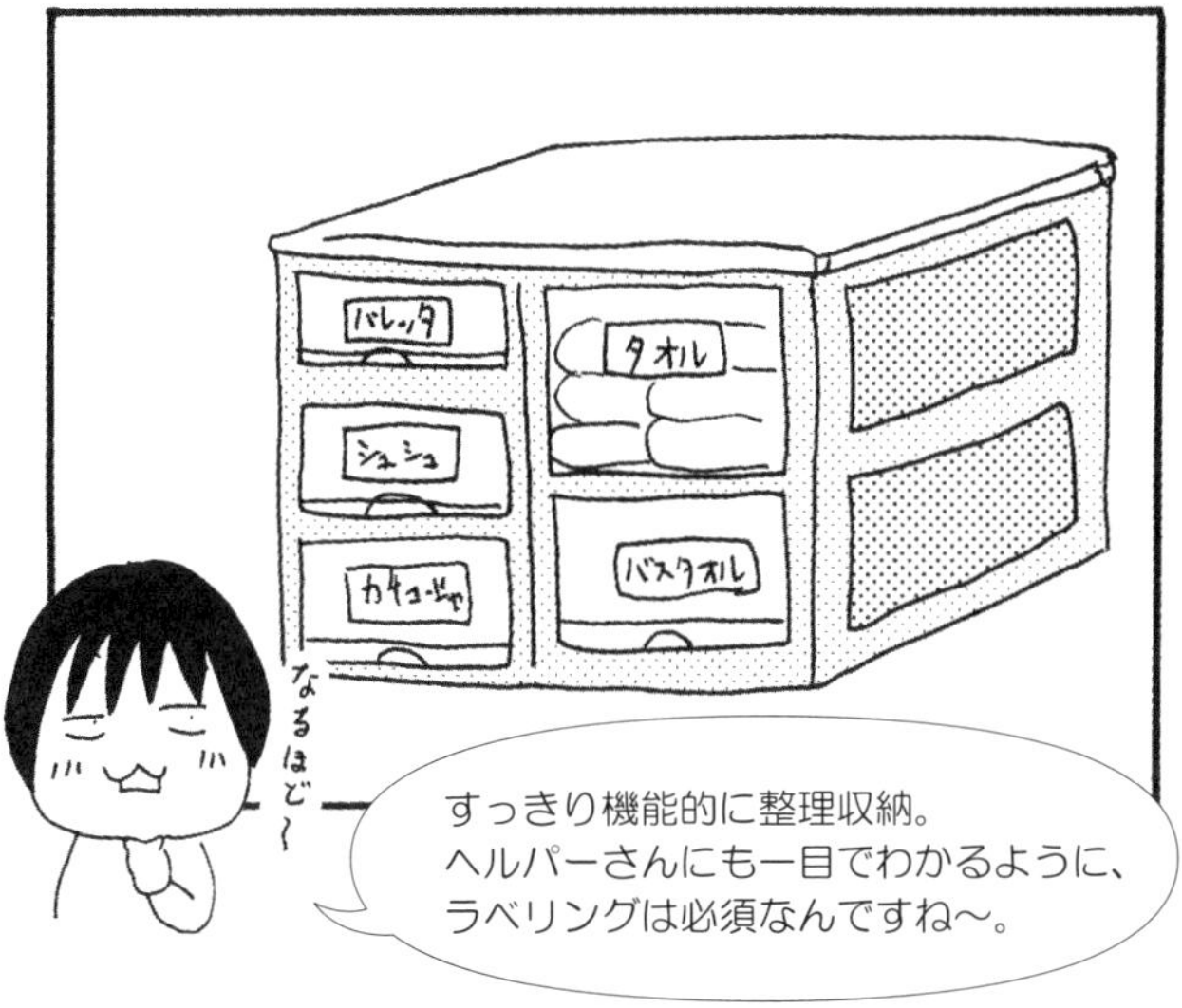
バレッタ
タオル
シュシュ
カチューシャ
バスタオル
なるほど〜
すっきり機能的に整理収納。
ヘルパーさんにも一目でわかるように、
ラベリングは必須なんですね〜。

OLIVE OIL
化粧品も
こだわりが!!
OH!ビューティフル!
三食きちんと食べて、肌のお手入れも
入念に！　美容と健康にはとても気を
使っています。

新居編

おじゃましま〜す
ようこそ！
ここが私の新居です !!
まだ何もありませんが…。

キッチンには IH 調理器。ガスや火を
使わないからヘルパーさんも安心！
IHでいえへいわ〜

ウォシュレット
いいなぁ…
HAHAHAHA
ドアや便器、手洗器の配置など、
使い勝手を考慮して設計された
トイレです。

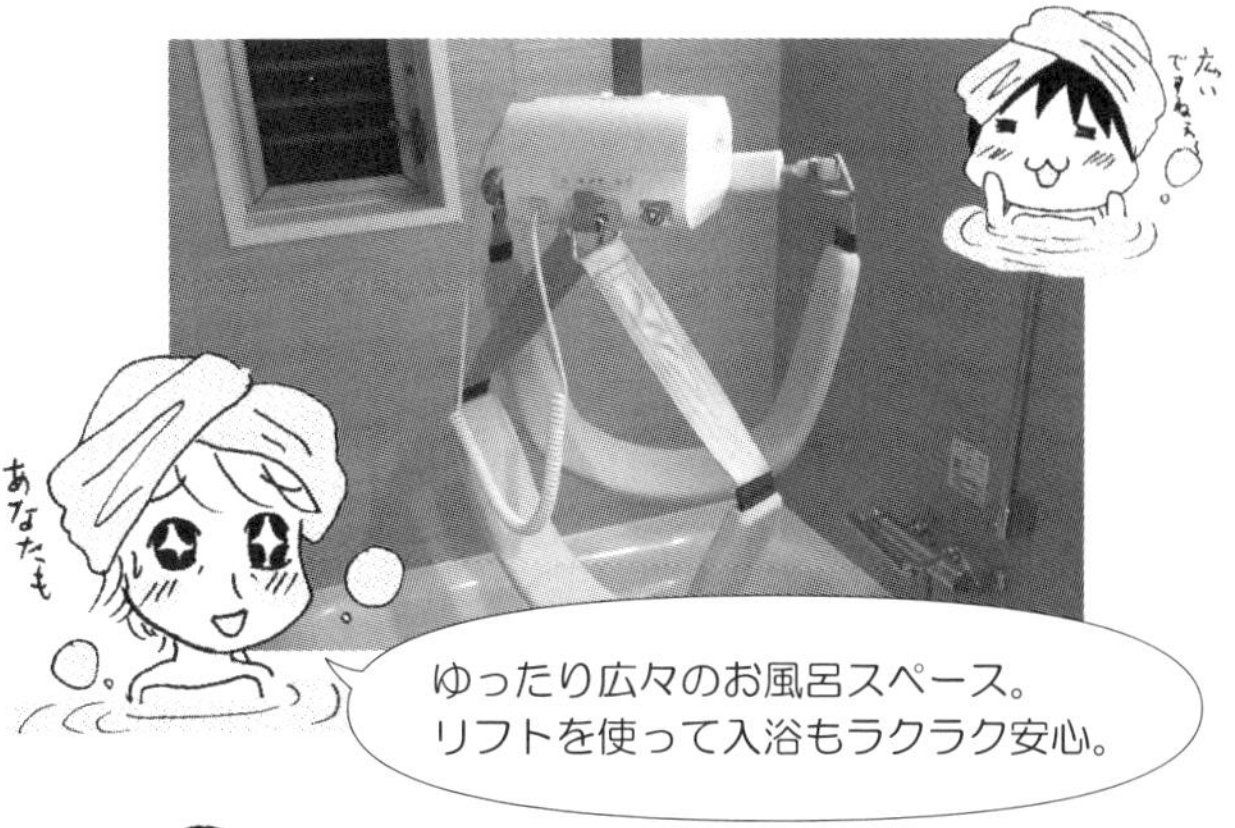
あなたも入るの?
ゆったり広々のお風呂スペース。
リフトを使って入浴もラクラク安心。

まにゃかとレポート

リフターは、居室、浴室、トイレの各室に設置。天井走行のXYレールにリフト2機を付け替えながら使用するそうです。スムーズに移動ができて、介助者の負担も軽減されますね!

以上、
私のシングルライフ スタイルでした♪

エピローグ

大輪の薔薇を咲かせるように

　母の認知症は徐々に進行しています。デイサービスの日ではないのに一人で施設に行ってしまったり、飲み物の名前がわからなくなってきたり。

　周囲に迷惑をかけることも多く、私の手には負えなくなってきていたので、二〇一五年四月に介護老人保健施設に入居しました。でも、そこにいられるのは三ヶ月くらいです。特別養護老人ホームも申し込みをしましたが、なかなか入居できそうもありません。

　母のケアマネージャーさんといろいろ模索していますが、私はグループホームがいいなと思い、その方向で話を進めています（その後、グループホームに入居しました）。

　近頃の母は、兄弟と子どもの区別がつかないこともあったりしますが、私の世話はしてくれようと思っているみたいで、手を拭いてくれたり、水を飲ませてくれたりしています。

　私はというと、毎日、何とか騙し騙し体を動かし、ヘルパーさんの時間も増やしてもらって、皆さんに助けてもらいながら生活しています。辛い日も嫌だなと思うこともたくさんありますが、私の気持ちのどこかに、悔いの残らない人生を送りたいと思う自分がいるのだと思います。

　時間とともに母の病気は進んでいくことでしょう。母にとって、私にとって、どの道が幸せなのかはわかりませんが、ヘルパー事業所、ヘルパーさん、支援センターの人、ケアマネージャーさん、それから私の心の支えの竹島宏さんたちの力を借りながら、大輪の薔薇を咲かせたいなと思っています。これからも皆さんの力を貸してください、お願いいたします。

今度生まれてくるときは

私は障害を持って生まれてきたので、親孝行はできないと思っていましたが、一人暮らしをすることもできたし、母が認知症になってから七年一緒に暮らすことができました。七年目で、私も無理がきてしまい、母を施設に入れないと駄目になってしまいました。私は母に二十四年間もお世話になりましたが、私はたったの七年しか見てあげられなかったと思うと、心の中が複雑です。

今度生まれるときは普通に生まれてきて、親孝行をたくさんしたいと思います。でも、障害を持っているから人の痛みとかがわかるのかなと考えている自分もいるので、また生まれてくるときもこのままでいいかなとも思っています。

最後に、母への思いを歌詞にしてみましたので掲載させていただきます。

『生んでくださってありがとう』（詞・松浦明美）

「親孝行もたくさんしたいと思いますが、
人の痛みもわかる私でいたいので、
また今度もこの体でいいです。
そして私は、できる限りの親孝行もしたいと思います。
ねえ、お母さん、それでいいでしょう？」（台詞）

お母さん、私をこの世に生んでくださって、ありがとうございます。
障害を持った私を生んで育てるのは並大抵じゃなかったでしょう。
お母さん、私は本当に感謝しています。ありがとう。
私はお母さんの子どもで本当に良かったと思っています。

お母さん、ごめんね。私は親孝行もできなくて。許してね。
今度生まれてくるときも、私はこのままでいいな。
またお母さんの子どもに生まれてこさせてね。
そのとき、たくさん親孝行をしたいと思います。
約束だよ。指切りしてね。私の好きなお母さん。

お母さん、私を大切に育ててくれてありがとうございます。
私は、本当に幸せでした。どこに行くのも、
私はお母さんの背中にいたから安心できました。
でも、月日が流れ、私も一人で生きていかないとならない歳になりました。
見ててください。一番好きなお母さん。

先端にゴムが付いた特製の棒をくわえて、パソコンのキーボードを打つ著者。執筆は、最初に平仮名だけで一気に入力。そのあと漢字に変換して句読点などを入れていく。本書の平仮名草稿は約２週間で書き終えた。

あとがき

この本を書いてみたのは、私がこの世に存在していたということを残したかったから、そして障害を持っている人も持っていない人も、辛いときも悲しいときも、誰かの力を借りることで勇気や自信がついて、生きていけることを知ってほしかったからです。

現に私は二度も自殺を図りましたが、竹島宏さんの歌にめぐりあって元気になれたわけで、死んでいたらあの素敵な歌声も聴かないまま一生を終え、それまで生きてきた時間も努力も無駄になってしまったわけです。

少しだけ頑張ってみれば、良いことがあるかもしれません。皆さんは、この本を読んでどのようなことを感じましたか？

最後になりましたが、本書をお読みいただいた方々、そして制作に関わってくださった方々に心より感謝いたします。ありがとうございました。

二〇一七年三月

松浦　明美

解説

谷　みどり

松浦さんが生まれたのは、一九六〇年です。当時、障害のある子どもたちへの支援はほとんどありません。障害のある子どもは家族が育てるという時代でした。座敷牢という言葉も残っていました。世間の偏見から、障害のある子がいることを隠し、家から一歩も出られない子どもたちもたくさんいました。

今では驚くばかりですが、通常の小学校に通うことができない子どもたちは、就学免除（義務教育を受けなくてもよい）や就学猶予（入学を先に延ばしてもよい）という制度で、国が障害のある子どもたちには、学校に行かないことを「許して」いました。憲法で保障されている教育の機会さえ、障害のある子どもたちには認められていなかったのです。

そういう状況でしたから、松浦さんが就学期を迎えた頃の川崎には身体障害の子どもたちの通う学校はありません。川崎市で初めて県立の養護学校が開校したのが、一九七四年です。皆さんピンとこないと思いますが、松浦さんの文章にあるとおり、その頃、養護学校に入学するには試験があったのですよ。

私はその当時、市川市にある幼児の通園施設で指導員をしていました。三月になると養護学校の小学部の入学試験があり、合格するのは障害の軽い人だけ。重い障害のお子さんのお母さんが不合格の通知を受けて施設に飛んで来られ、お子さんを抱きしめ泣き崩れていたのを今もはっきりと覚えています。

無念の思いを抱えたご家族や教職員らの「どの子にも教育を」という願いが国を動かし、法律が改正され、全員就学が実現したのは一九七九年のことです。


私が中原養護学校に赴任したのは、一九七八年です。松浦さんはすでに卒業をされていて、最初にお会いしたのは同窓会でした。美少女だったので印象に残りました。それから、しばらくして街でばったり会ったので、「松浦さんですか」と声をかけたところ、彼女から、「障害者の一泊旅行があるから、ボランティアで付いてきて」とのお誘いを受けました。私は何の準備もせず付いていきました。はっきりと覚えていないのですが、多分無事に帰ってきたのだろうと思います。その後、先輩の先生から、松浦さんが結婚をされ赤ちゃんが生まれたことを聞きましたが、お会いすることはありませんでした。

私は、二〇〇〇年に養護学校を辞め、仲間と地域で障害者支援の活動『サポートグループロンド』を始めました。まだ何の制度もないときで、当時は有償ボランティアで外出支援や遊び相手、病院への付き添いなどをする「なんでも屋さん」でした。松浦さんは、その頃、社会福祉協議会の公的ヘルパーを利用されていましたが、当時のヘルパーは制限が多く、病院に薬を取りに行ってもらうことができずに困っていました。人づてにロンドのことを知り、連絡をいただきました。電話で話すうちに、お互いにあのときの人だと確認。二十年ぶりの再会でした。

実は松浦さんの障害は重く、身体障害者一種一級支援区分六という認定を受けていて、横になったら体を起こすことはおろか寝返りで動くこともできません。逆に、座った姿勢から一人では横になることもできません。ヘルパーさんの手もたくさん必要ですが、三台のリフターを駆使し、起き上がり、トイレに行き、入浴もしています。それらをすべて自分の頭の中で、シミュレーションをし、組み立てて、リフター設置を訝る役所の人の前で実演をして認めさせたというのですから、驚いてしまいます。自分の体の認識や場の認知など、頭の中にしっかり地図があるのでしょうか。わずかに動く手足をアクロバティックに使って動く姿は、体操選手の競技を見るようで無駄がありません。

松浦さんから、「本を出したいのだけれど」という話しを聞いたのは、四年前です。ちょっとびっくりしました。というのも、松浦さんにメールを送っても、ほとんど単語だけが返ってきて、それも平仮名ばかりだったからです。それに、携帯でメールを打つときも、箸を口にくわえて、一文字ずつ文字を打つ姿から、長い文章は到底無理なのではと思っていました。ところが、見せてもらった『私の人生バラ色』は、文法的におかしいところは少々あるけれど、長文で、とても生き生きして、目の前にまざまざと情景が浮かび上がってくるもので、私は夢中で読みました。

しかし、出版となると構えてしまいます。他の人にもはたして読んでもらえるものなのか、自信がありません。そこで、コスモスペースの堤さんに原稿を見せたところ、とても面白がってくださり、あっという間にクリエイターを招集し制作チームが結成されました。

最後に、私が松浦さんの本をぜひ多くの方に読んでいただきたいと思ったのは、彼女が特別な人だからではありません。障害者を一括りにし、「不幸な人」と思う人が残念ながらたくさんおられる中で、障害があることを「不幸」と思わず生きていることを松浦さんが証明してくれているからです。豊かな感情を持って生きているのは、松浦さんだけではありません。皆さんの近くにいる障害者といわれる彼や彼女も、喜びや悲しみや優しさや思いやりを持って生きていることに気がついてほしいからです。

二〇一七年三月

（NPO法人療育ねっとわーく川崎　サポートセンターロンド代表）

●三歳の頃から記憶している

谷　松浦さんの書いた原稿を読んで、いろいろな出来事をよくあんなに鮮明に覚えているなってびっくりしちゃったんだけど。

松浦　三歳のときから覚えている。やっぱり悔しかったこととか、悲しかったこともいっぱいあるから。

谷　生まれた頃のことはいくらなんでも覚えてないでしょ。それはお母さんが話してくださったの？

松浦　高校の卒業文集で自分の生い立ちを書くときに母に聞いた。

谷　当時のお母さんの気持ちってわかる？

松浦　中学生のときに、母から「ごめんね、こんな体に産んじゃって」って言われて、私、返す言葉がなかったのね。だけど、何か言ってあげないと母がかわいそうだから「私は、こんな体だから人の痛みとかがわかるんだよ。お母さん、ありがとうね」って言ったの。そしたらお母さん泣いちゃった。

谷　今、お母さんは認知症になってしまったけれど、でも、今でもやっぱり松浦さんのことは気になって、お母さんでい続けているよね。

●言葉がね、落っこってくるの

谷　かなりの文章量を書いているけど、書くのは得意？　他にもいろいろ書いてたりするのかな？

松浦　文章を書くのはもともと苦手だった。今でもそう。書けるようになったのは、竹島宏さんのファンクラブに入って、ファンレターを送るようになってから。コンサートの感想を手紙で送って。

谷　そういうのを書いているときは苦にはならないの？

松浦　楽しい。言葉がね、落っこってくるの。

谷　おおー、いいねえ。作家さんみたいですね。

松浦　コンサートへ行ったらすぐに書く。帰りの電車の中で書くことを考えて、忘れないうちに帰ってきたらすぐに書いて、で、すぐに出す。

谷　頭の中で書きたいことがまとまっていて、それを文字にするだけっていう作業、だから書き上げるのが速いのかもしれないですね。サポートセンターでも何か頼んだりするとその日の夜か翌朝には返信してくれますよね。仕事が早い（笑）。今、ＹＭＣＡや重度訪問介護研修で講師として話をしてもらったりもしているんだけど、お話されるときはかなり準備をするの？

松浦　準備とかはあまりしないけど、話を聞いてくれる人の年齢によって、話し方や内容を考えている。

谷　ＹＭＣＡの若い十八歳ぐらいの子たちがすごく真剣に聞いてくれるのは、そうやって彼らに合わせて話をしているからかな。辛い思いをしている子も多くて、話を聞いていて泣いたりする子もいたよね。「若い人が自ら命を絶ったり、そういうのが非常に辛い、胸が痛む」っていうことを話して、そこからすごく共感されたみたい。頑張っている人っていう特別な存在じゃなくて、人生の先輩みたいな感じだっていうことで聞いてくれているよね。「初恋の人は誰ですか？」なんて、逆にそういう質問がきたりとか、ダイエットの仕方で共感されたりね（笑）。

●人は誰でもやり直せるはず

谷　去年、相模原のやまゆり園の事件があって、私たちもみんなで話し合いを持ったんだけど、あのときすごく感じたことが多かったようでいろんなことを発言されましたよね。

松浦　最初はすごく怖かった。怖くて三日ぐらい眠れなかった。私も、講演とか社会的にいろいろやっているから、いつ被害者になるかわからない。

谷　ということは、他にもあのような考え方を持った人がいるんじゃないかっていうこと？

松浦　公園で、小学生の子たちがやまゆり園の事件のことで「そういう気持ちを持っている人もいるんじゃないのかな」って話をしていて、聞いていて怖くなった。

谷　それは怖いよね。日々感じるところがあるわけですか？

松浦　例えばね、バスに乗ったときに運転手さんに嫌な顔をされたり、お客さんから「遅いなあ」とか言われたりすることもあるから。

谷　周りの人が、みんながみんな優しく見ているわけではないっていうのを感じちゃうわけですね。だから、あの犯人が特別なわけじゃなくて、世の中にやっぱり障害者を受け入れてもらえないようなところがあると当事者としては感じてしまうと。

松浦　うん。でも事件を起こした犯人には更生してほしいなと思う気持ちもある。人間て、やり直そうと思えばやり直せるから。同じ人間なんだから。手紙も書いた。どこに送ればいいかわからないから、そのままになっているけど。

●一つずつ克服していくのが楽しみ

谷　それにしても、認知症のお母さんの面倒を見たり、腎臓病のお父さんが転がり込んできたり、ただでさえ障害を抱えて大変なのに、ほんとに、これでもかっていうくらい不幸のオンパレードでしたね。本の中でも「相談のトライアングル」だって書いてたけど。

松浦　うん。でも、周りの人がみんないい人だから、私を支援してくれている人ってみんなほんとにいい人ばっかりだから、不幸に感じないんだよね。

谷　松浦さんの中では、もうヘルパーさんあっての生活っていうようになってるのかな、自然に。

松浦　うん。ヘルパーさんというより、友達みたいになっている。

谷　これからは新しいアパートで暮らすことになるんだけど、松浦さんの障害って軽いとは思えないのね、歩くこともできないし、起き上がることもできないでしょ。やっぱり施設に入ったほうがいいんじゃないかって人も多かったのでは？

松浦　決められた時間どおりに生活行動を行うのが嫌だから、そういう施設には入りたくなかった。時間の使い方を自分で決めたかった。難しいこともとりあえず一人でやってみて、上手くいったら大きな達成感や喜びが得られるでしょ。それを今度はみんなに教えてあげられるじゃん。例えば、一人でお布団が上手にかけられなかったのに、考えて工夫してかけられるようになったときとか、そういうこととかはすごく嬉しくって、人にも教えてあげたくなっちゃう。

谷　一つ一つをイメージして、工夫して、解決するってことね。そういうことの積み重ね。いまも毎日いろいろ考えてやっているってことですね？

松浦　今度住むアパートは二、三階がケア付きグループホームになっていて、呼べばすぐ誰かが来てくれるから、もっともっと新しいことにチャレンジしたいなと思っている。

谷　今までとはちょっと違うから、厳しいところも出てくると思うけど、またそれを克服するのが楽しみなわけね。だからすごく楽観的ですもんね（笑）。

（二〇一七年二月四日）

みなさんのおかげで
私の人生バラ色

2017年4月9日　第1刷発行

著　　者　松浦明美

構成・編集　堤　幸則
装画・漫画　まにゃかと
写　　真　川上靖雅
ブックデザイン　峰岸九時
編集制作　コスモスペース
　　　　　白浜直子

編 集 人　堤真理子
発 行 人　谷みどり

発 行 所　南天堂
〒214－0014　川崎市多摩区登戸3402－D
http://nanten-do.com

印刷・製本　日本プロセス株式会社

■ご連絡・ご送付先
コスモスペース　info@cosmospace-web.com
〒214－0014　川崎市多摩区登戸3402－D
http://cosmospace-web.com